JN044335

ときにはひとりで、やっぱりふたりで

～メス花歳時記～

Michiru Fushino

樵野道流

CHARADE BUNKO

Illustration

鳴海ゆき

CONTENTS

本作品の内容はすべてフィクションです。
実在の人物、団体、事件などにはいっさい関係ありません。

一　春の話

「なあ、もう起きとるか？」

傍らに寝そべる江南耕介《えなみこうすけ》に呼びかけられ、永福篤臣《えいふくあつおみ》はまだ枕《まくら》に頭を沈め、目を閉じて、寝起きの掠《かす》れ声で応じた。

「気持ちよくうとうとしてたのに、お前の声でうっかり起きた。なんだよ？」

「何を覚えてへんのやったっけ」

目を開けなくても、気配と衣擦《きぬず》れの音で、江南が自分のほうへ寝返りを打ち、うつ伏せになったのがわかる。

篤臣は、未練がましく意識のごく一部を眠りの世界に残したまま、欠伸《あくび》交じりに声を絞り出した。

「は？　お前、まだ寝ぼけてんじゃね？　なんの話をしてんのか、さっぱりわかんねえぞ」

寝起きが悪いほうではないものの、目覚めてしばらくはあまり機嫌がいいとは言えない篤臣なので、どうしても口調は多少ぶっきらぼうになる。

だが、そんなことはお構いなしに、江南は呑気《のんき》な声を出した。

「ちゃんと起きとるわ。ほら、アレや、『春眠なんとかを覚えてへん』みたいなやつあったやろ」

あまりにも呆《あき》れてしまって、篤臣は思わず目を開き、まじまじと江南の顔を見た。

「あのさあ」

「あ？」

「これまでも時々そうじゃないかとは思ってたけど、お前、少なくとも国語についてはだいぶ馬鹿だろ」

「おい、長年のつきあいやねんから、そろそろ学べや。関西人は『馬鹿』て言われると、アホの一万倍以上こたえるねんぞ」

江南は恨めしげにそう言ったが、篤臣も即座にピシャリと言い返す。

「お前こそ学べ。俺は関西人じゃねえんだから、お前にとっての『アホ』が俺の『馬鹿』だ」

「そらそうやろうけど」

「だいたい、関西人じゃない俺が関西弁で貶《けな》したりしたら、お前、むしろイラッとするだろうが」

もっともな指摘に、江南は高い鼻の頭を指先でカリカリと掻《か》いて同意した。

「あー、確かにイラッとくるやろなあ。あ、いや、待てや。お前が言うんやったら可愛《かわい》いかもしれんで。ちょー、試しに言うてみ、『アホやなあ』て。むしろ、めちゃくちゃ色っぽうてええような気ぃしてきた。是非とも言うてくれ」

「嫌だ。絶対言わねえ」

眉間《みけん》に容赦ない縦皺《たてじわ》を刻んで言い放った篤臣は、すぐにもとの呆れ顔に戻り、こう言った。

「ちなみに、春眠とお前が忘れてんのは、『暁』な」

「あー、それそれ、それや。ど忘れしとった」

江南は仰向《あおむ》けになり、両手を上げて伸びと同時に大あくびをしてから、ボソリと言った。

「アレやろ、春はのどかで、朝が来たんも気ぃつかんと延々と寝てしもたっちゅう意味やろ?」

「解釈は諸説あるって、高校時代の国語の先生が言ってたけど……まあ、そういう意味合いは確実にあるだろ。それがなんだよ?」

「今やなあ、と思うて」

「あ？」

訝《いぶか》る篤臣を横目で見て、江南はへへっと何故か照れくさそうに笑った。

「まさに春眠や」

「まあ、三月もそろそろ終盤だから、春っちゃあ春だな」

「そやろ。そんで、布団の中が俺とお前の体温でええ感じに温《ぬく》うて、外がすっかり明るいから、そこそこの時間になっとるんやろなあと思いながら、時計も見んと、うとうとゴロゴロしとれる。最高に気持ちがええな」

「そこは完全に同意だな。もはや、どう考えても暁ではないけど。まあ、休みの日の朝なんて、本来はそんなもんだろ。……ああ、いや」

篤臣はなんの気なしに応じたが、ふと思い直した様子で、軽く身を起こした。

さっきまで頭の下にあった枕をベッドのヘッドボードに立てかけ、改めて背中をもたせかける。胸から下は、相変わらず布団に覆われたままだ。

「そうじゃないな。ついこの前の、お互いの上司の決断のおかげだよな」

「ホンマにな」

江南も、こちらは長々と横たわったまま、実感のこもった相づちを打った。

篤臣が所属する法医学教室の教授、城北《じょうほく》と、江南が所属する消化器外科の教授、小田《おだ》。

特に示し合わせたわけではないのだろうが、二人の上司はほぼ同時期に、部下の勤務体制について大きな路線変更をした。

実はこれまで、医師としての江南にも篤臣にも、厳密な意味での「完全な休日」はなかった。

アメリカ留学中を除いては、二人は常に……たとえ職場の事務処理上は休みの日であっても、「自宅待機中」の身の上だったのである。

週末だろうと祝日だろうと、篤臣は原則として午後一時までは司法解剖に即時対応できるようにしていなくてはならず、江南もまた、自分が担当する患者の急変や、急患の緊急手術でいつ呼び出されてもいいよう、心のどこかで常に身構えていた。

二人とも、就職して以来ずっとそうだったので、それが当たり前の状態だと思っていたのだが、一方で彼らの上司たちは、生真面目《きまじめ》で勤勉すぎるそれぞれの部下のことが、どうにも気がかりだったらしい。

そこで城北は「皆、永遠に若くはいられないのだから、今のうちに無理をしすぎない体制を整えようではないか」という提案をし、一方、小田は「患者さんのＱＯＬ《クオリティオブライフ》は無論大事だけれど、我々のＱＯＬも大切にしようと思う」という宣言をして、いずれも「きちんとした休日」を設定したのである。

無論、篤臣の場合は、警察に捜査本部が立つほどの大事件が起こればそんなことを言っている場合ではなくなるし、江南とて、どうしても気になる患者がいれば、自発的に病院に顔を出してしまうだろう。

それでも、「余程のことがない限り、呼び出しがかからない休日」が月に数日できただけで、ずいぶんと気分的には楽になる。

今日は、二人ともがそうした安らかな土曜日なので、こうして揃《そろ》って緩みきっているというわけだ。

「時間も仕事も気にせんと、特に何するわけでものうて、こうしてお前と布団の中でゴロゴロぬくぬくしとれるんが、俺にとっては最高の贅沢《ぜいたく》や」

心底幸せそうなとろけきった笑顔で、江南は篤臣の顔を見上げてくる。

リップサービスなど一切しない江南だけに、彼の言葉は百パーセント本心だ。

「そんなもんが最高の贅沢だなんて、相変わらず安上がりな男だな、お前は」

口ぶりはつっけんどんだが、こちらも嘘《うそ》のつけない篤臣だけに、その顔は自然とほころんでしまっている。

そんな篤臣の寝癖のついた柔らかな髪をくしゃくしゃと撫《な》で、江南は愛《いと》おしげに目を細めた。

「何言うとんねん。『金で買えんもんピラミッド』のてっぺんでピカピカに輝いとるんがお前やないか。これが最高の贅沢やのうて、何が他《ほか》にあんねんな」

「うう」

駄目押しを食らって照れる篤臣の顔を覗《のぞ》き込み、江南は満足げに笑った。

「とはいえ、今日に限っては、ゴロゴロで一日を終えてしまうんは惜しいかもしれん」

「ん？」

「まだ満開には早いやろけど、できるやろ、花見」

そう言って、江南は篤臣の頭から離した手で、まだカーテンを閉めたままの窓を指さした。布越しに漏れいる光の強さを見れば、外の天気のよさは十分に推し量れる。

「あ！　そうだよ！　花見！　今年は二人で行けるんじゃん」

弾んだ声でそう言うと、篤臣は勢いをつけて起き上がった。

「どこ行く？　どこがいいかな。今から遠出は、さすがにちょっと無理あるよな。十代じゃあるまいし、飛び込みで宿を探すのも、ハズレだったときのダメージがでかいし」

「俺は、お前と一緒やったら、最悪野宿でもええで。思いきって、一泊で遠出するか？　明日、なんぞ仕事が入っても、朝のうちに帰ってこれるとこやったらどないでもなるやろ」

江南は大いに乗り気でそう言ったが、篤臣は躊躇《ちゅうちょ》なくその提案を拒絶した。

「俺は絶対、嫌だ。どうせ遠くへ行くなら、ちゃんと予定を立てて、旨い飯といい風呂のある、そこそこリッチな宿を厳選したい。宿の期待外れってのは、いちばんメンタルにダメージが来るやつだからな」

行き当たりばったりを愛する江南と対照的に、篤臣は万事、しっかり計画どおりに運びたいほうである。あまりにも「らしい」反応に、江南は笑みを深くする。

「それもそうか。ほな、日帰りで近場やな。この界隈にも、それなりに有名な花見スポットはいくつかあるやろ」

「うーん、どこにすっかなー。あんまり混むところは、いくら桜が綺麗《きれい》でも、人酔いでゲンナリしちまうから避けたい。つまり、有名スポットは却下だな！　とはいえ、そうなると心当たりがさっぱりだ。散歩？　まあ、ただの散歩でも桜の何本かは見られるだろうけど」

日頃は慎重で思慮深い篤臣なのに、こういうときだけ、普段はおそらく努力して見せないようにしている生来のせっかちさを全開にしてしまうのが、江南にとっては面白く、愛おしくてたまらない。

「そやなあ。天気がよさそうやし、近場を散歩でも気持ちがええと思うけど、花見のタイミングで二人ともの休みが合うことなんぞ、毎年あるとは限らんやろ。それを思うたら、散歩だけやとちょぃ勿体ないような気ぃもするな」

「だよな。ああ、こんなことなら、昨夜からちゃんと考えときゃよかった。そしたら、朝早くからテキパキ行動できたのに」

「そやなあ」

呑気に相づちを打つ江南をジロリと睨《にら》み、篤臣は片手で寝乱れた髪を乱暴に撫でつけた。

「だいたいお前がなんの計画性もなしに、晩飯を食うなり俺を寝室に引っ張り込んだりするから。洗い物だって終わってないんだぞ」

「計画性て」

「色々あるだろ、段取りってもんが！」

篤臣の抗議に、江南はむしろ訝しげな顔をする。

「あれこれきっちり済まして、さあ張りきって致しましょうってか？　そら、あんまりにも情緒がないいん違うか」

「今さら、情緒もへったくれもないだろ！　つか、『ご馳走《ちそう》さん！　なあ、デザートはお前でええんやろ』って、情緒あるか？」

「ありありやないか。それに応じてお前が『おう』って真っ赤な顔で言うたとこなんかもう、思い出しただけで再び戦闘可能になろうっちゅうもん……」

「うるせえ！　花見に行くって話をしてんのに、戦闘可能になろうとしてんじゃねえよ。話がややこしくなるから、そっちはおとなしくさせとけ！」

ベッドへの誘《いざな》いを受けたときと負けず劣らずの真っ赤な顔で、篤臣はバシバシと布団を叩《たた》く。そんなどこか子供じみた仕草に、江南は楽しそうに笑いながら、ようやく自分も起き上がった。

「それは冗談……ちゅうわけでもあながちないけど、まあ、まだ起動停止可能な段階や、安心せえ」

布団の上に胡座《あぐら》をかいた江南は両手を天井に向かって突き上げ、ううーんと大きな呻《うめ》き声を上げて伸びをしてから、篤臣に向き直った。

「ほな、今から行けるところを検索しよか。そやな。余裕で日帰りできる距離で、死ぬほど混んではおらんとこで、なんぞ……蕎麦《そば》とかそういう旨いもんでも食える場所を」

「蕎麦？」

「いや、蕎麦でもトンカツでも焼肉でもなんでもええけど、とにかく昼と夜を食うて帰れたほうがええやろ」

「俺はどっちでもいいけど、お前、そんなに外食したいのか？」

問いかける篤臣の声は、ほんのわずかに沈んでいる。江南は、軽く首を傾《かし》げた。

「いんや。特にどうしてもっちゅうわけやないけど、外で食うことにしたほうが、お前が楽やろ。なんぼ手伝う言うても、俺、台所ではオペ場ほど役に立てんからな。帰ってから家で晩飯食うとなると、お前が大変やろと思うてんけど」

すると篤臣は、急に真顔で言い返してきた。

「俺、料理が苦だったことはないんだ。そんな、無理して凝ったもんは作らないしさ。それにお前、病院にいるときは出前とか買ってきたもんとか、すげえ適当な食生活だろ？

俺が何度注意しても、健康的なもんより、好きなもん食っちまうんだろ?」

江南は、決まり悪そうに肩を竦《すく》める。

「まあ、そら、よくて学食か店屋もん、弁当屋やな。どないも都合がつかんかったら、コンビニの飯か菓子や。腹さえいっぱいになって、頭と身体が十分動いたらそれでええって、つい思うてしまうなぁ」

予想どおりの返答に、篤臣はパジャマ姿で腕組みして、憤然と言い返した。

「だろ! だからこそ、休みの日には、お前にはできる限り家の飯を食わせたいんだよ。そりゃ、俺だって一流の家庭料理が作れるわけじゃないけど、少なくとも外の飯より身体《からだ》にいいものを食わせられる気がするしさ」

「お前の料理は、俺にとっては超一流っちゅうか、宇宙一やで」

「また、そういう過大評価を」

「過大評価違うわ。個人の感想や。お前かて仕事で忙しいのに、家事のほとんどを引き受けてくれて、飯まで一生懸命作ってくれとるんが、ほんまにありがたいんや。そやからこそ、休みに出かけるときくらいは、お前にも気楽に旨いもんを食わせたいて思うたんやけど。そやな、たとえば……」

江南は意志の強さをそのまま表した眉《まゆ》をハの字にして、困り顔で言い返す。

かつては外科医の仕事に没頭するあまり、篤臣の気遣いや献身に気づかなかった江南だが、今はことあるごとに感謝の気持ちをきちんと言葉にするようになった。

そして家にいるときは、「何したら嬉《うれ》しい？」と幼い子供のように訊《たず》ねながらではあるが、日頃、篤臣の手が回らず、放ったらかしにしている家事を引き受けてくれる。

そもそもが凝り性であり、外科医の仕事同様、「正確に、かつ手早く」というモットーを家事にも適用してしまう江南なので、今や、資源ゴミの分別や段ボール箱の解体、それに窓拭《まどふ》きについては、篤臣よりはるかに手際がいい。

とはいえ、相変わらず勤務時間が不規則な上、患者の容態に合わせて医局に泊まり込むことが多い江南なので、家事分担の比率はまだまだ不公平極まりない。

篤臣は「できるほうがやればいいだけ」ととっくに割りきっているが、江南のほうはやはりそれが気になっているのだろう。

蕎麦、フレンチ、ベトナム料理など、篤臣の好物をいくつか挙げて、本当に外食でなくてもいいのかと念を押す。

変なところで本人いわくの「気にしい」であるパートナーに思わず笑い出してしまいながら、篤臣は「わかったよ」とそれなりの譲歩を示した。

「じゃ、晩飯は外で食おう。店は、そのときの気分で決めりゃいいだろ。その代わり、昼は弁当にする」

「弁当？」

「そ。今日は、弁当を提げて花見に出かけたい気分なんだ」

完璧な折衷案を聞いて、江南はようやく愁眉《しゅうび》を開く。

「はーん。そら、ええな」

「だろ？　というわけで、俺を気遣ってくれるんなら、弁当作りを手伝え。朝飯を食いながら片手間にパパッと作って出発すりゃ、昼までにはどっかで花見ができるだろ」

心を決めたら行動の早い篤臣だけに、そう言うが早いかベッドから飛び降り、パジャマを脱いで着替え始める。

腕の動きにつれてくっきり飛び出す鎖骨の上に、昨夜、自分がつけた淡い紅色の吸い痕を見つけ、江南は寝起きの腫れぼったい目を細めた。

今さら「こいつは俺のものだ」と主張したいわけではないのだが、目の前に白い肌があると、つい唇を寄せてみたくなるし、軽く歯を立てたり吸ったりしたくなってしまう。

篤臣には叱《しか》られるが、どうしてもその誘惑に勝つのが難しい。

(また、あとで気がついた篤臣に怒られるんやろなあ)

叱責《しっせき》に先んじて自ら反省しようと思ってはいても、江南の顔は意思と裏腹ににやついてしまう。振り返ってそれを見た篤臣は、眦《まなじり》をキリリと吊《つ》り上げた。

「おい。いつまでウダウダしてんだ。とっとと身支度して、キッチンに集合！　二人でやりゃあ、すぐ終わる」

「おう。すぐ行く」

「先に洗面所使うぞ」

言い終えるより早く、ひとまず部屋着に着替えた篤臣の姿は寝室から消える。

「起き抜けから、えらいちゃきちゃき動くやっちゃな～」

自分も、外科医モードのときは最初のコール音が鳴り終わる前に仮眠ベッドから飛び出していることなどサラリと棚に上げ、江南はのっそりとベッドを出た。そして、さっき篤臣がしていたように寝間着を脱ごうとして、自分が全裸のまま眠りに就いたのに気づき、精悍《せいかん》な顔に苦笑いを浮かべたのだった。

江南が身支度を整えてキッチンへ行くと、篤臣はすでに調理に取りかかっていた。

香ばしい匂《にお》いのもとは、弁当の大定番、玉子焼きだ。細かいことは江南にはわからないが、篤臣がいつも呪文のように早口で言う、「弁当用だから出汁《だし》少なめ、お前の好みに合わせて甘じょっぱく味つけしてある」ものだろう。

火にかけた細長い玉子焼き器に丹念に油を引き、卵液を流し込んで適度に火を通し、菜《さい》箸《ばし》でパタンパタンと無造作に手元に向かって折り返すその手つきは、驚くほどスムーズだ。

「何度見ても名人芸やな」

そう言いながら近づいてくる江南を、篤臣は怪訝《けげん》そうにチラと見た。

「卵焼いてるだけだぞ」

「その、慣れた動作がええねん。俺のためにずっと焼き続けてくれたからこそやなって気いして、嬉しいんや」

江南は本当に嬉しそうな顔で、シンクの水を出し、手を洗う。これもまた、篤臣にうるさく言われて身につけた習慣だ。

「そうかよ。っつか、そのとおりだよ。まさか自分が、こんなにスムーズに玉子焼きを作れるようになるなんて、大学時代は思ってもみなかったもんな」

クスリと笑ってから、篤臣は冷蔵庫のほうに顎をしゃくった。

「感心してないで、お前も働け。冷蔵庫に昨日茹《ゆ》でたほうれん草の残りがあるから、胡麻《ごま》和《あ》えを作ってくれよ。こないだ配合教えたから、やれるだろ」

「おう」

江南はスエットの袖をたくし上げつつ冷蔵庫に近づき、扉を開けた。

綺麗好きな篤臣なので、冷蔵庫のそれぞれの棚には、きちんと食材が分けて収納されている。

「んー、これやな」

すぐに目当ての四角い密閉容器を見つけた江南は、それとすり胡麻のパックを取り出し、扉を急いで閉めた。

長々と開けっぱなしにしていると、冷蔵庫にピーピー警告されるか、篤臣に「早く閉めろよ」と言われるか、いずれにせよ叱責される結果になってしまうことを、経験からよく知っている江南である。

「砂糖、すり胡麻、醬油《しょうゆ》でええんやんな？」

「うん。けど、今日はほうれん草の量が少ないから、量はこないだの三分の一くらいでいいよ」

「わかった」

「和える前に、ほうれん草の水気はよく絞ってくれよ。ほい」

篤臣が玉子焼きをクルクルと巻いて層を重ねる合間に、ヒョイと小さなステンレスのボウルと計量スプーンを手渡してくれる。

それを受け取り、江南はボウルに砂糖、すり胡麻、醬油の順で調味料を量り入れた。実験ならば極めて正確に計量しなくてはならないが、料理のときは多少目分量でもいいのが気楽でいい。

菜箸で調味料を軽く混ぜ合わせてから、すでにほどよくカットしてあるほうれん草を大きな手でギュッと絞り、ボウルの中に投入する。

青々したほうれん草に調味料を和えながら、江南はおかしそうに笑った。

「俺が野菜料理を作っとるなんて、お袋が知ったら腰を抜かしよるで」

篤臣も、ふふっと笑った。

「お前、野菜なんてろくすっぽ食わなかったもんなあ、昔は。今だって、好きで食ってるっていうよりは、俺に強制されて仕方なくってところだろうけど」

「ま……まあ、そういうときも、ある。未だに、サラダを食うてるときは、ウサギの心境やな。そやけど、胡麻和えやらおひたしやらは、まあまあ好きになれたんやで？」

「そりゃよかった。俺のおかげだな」

笑いながら、篤臣はうっすら焼き色をつけた玉子焼きをまな板に載せ、すぐに卵焼き器を洗った。

「料理をするときは、作ったらすぐ洗う。シンクに洗い物を溜《た》めないほうが、あとが楽でしょ」

それが、篤臣の母親の口癖で、いつしか息子《むすこ》にも染みついてしまった習慣だ。

「玉子焼きと、ほうれん草の胡麻和えと……あと、何食いたい？　リクエストに応《こた》えられるかどうかは、食材の在庫次第だけど」

篤臣に問われ、江南はボウルの中のほうれん草と和えごろもを丁寧に混ぜながら、うーんと天井を仰いだ。

「そやな。フランクフルトを分厚い輪切りにして、ゴリッゴリに焼いたやつ」

「お前、それ好きだよなあ。ラッキーなことに、ちょうど買い置きがあるよ。他には？」

「おかずはそれで十分や。あとは、昔話みたいな三角のおむすびやな。中身は、種を抜いて、ほぐした梅干しがええわ」

「具体的でノー無茶振りな要望、助かるよ。じゃ、フランクフルトはお前の担当な。冷蔵庫に入ってるから、好きな分厚さに切って、切れたはしからフライパンに放り込め。火加減は中火！　俺は冷凍ごはんを温めて、おむすび作るわ」

的確な指示に、江南はオペ場さながらの真剣さで返事をした。

「よっしゃ、任しとけ。それにしても弁当て、ほんまにマッハで完成すんねんな」

「二人でやれば、だいたいのことはそうだろ」

「そやな。俺とお前がおったら、不可能はないな！」

「そこまでは言ってねえよ。ほら」

呆れ顔で玉子焼きを切り分けた篤臣は、薄い端っこをつまむと、当たり前のように江南の口元に差し出す。

こちらもなんの疑問もない顔で必要以上の大口を開け、餌《えさ》を受け取るカバよろしく玉子焼きを放り込んでもらった江南は、もぐもぐと咀嚼《そしやく》して、にかっと笑った。

「いつもの味や。よう焼けとる」

「当然だな」

誇らしげに胸を張ってそう応じると、篤臣はフリーザーから、薄いブロックのようにき

っちり形を整えてラップフィルムに包んだ冷凍ごはんを取り出した……。

窓越しに差し込むうららかな陽射《ひざ》しと、心地《ここち》よい規則的な音と振動、そして、そこそこ一定のスピードで行きすぎる景色。

毎日の通勤で電車を利用している篤臣にとって、どれも珍しいものではない。

だが、いつもと違うのは、隣の座席に江南が座っていることだ。

日頃、始業時刻がまったく違う二人なので、こうして同じ電車に乗り合わせることは滅多にない。しかも今、二人が乗っている電車は、二人ともが初めて乗る路線だ。

初めて目にする、とはいえありふれた住宅街の景色をぼんやり眺めていた篤臣は、今朝、目覚めたときと同じ調子で江南に呼びかけられ、ふっと我に返った。

「なあ」

「ん？」

窓際に陣取り、同じように景色に見とれているとばかり思っていた江南は、意外と真面目な、キリッとした表情をしている。ただ、二人分の弁当が入ったバックパックを膝《ひざ》に載せ、大事そうに両腕で抱く仕草が子供じみていて、どこか可愛らしい。

「こんなんで、ほんまにええんか？」

やはり真摯《しんし》な口調で問われ、篤臣は小首を傾げた。

「なんで？」

「なんでて……せやかて、確かにちょっとした遠出には結果としてなっとるけど、ただ電車に乗っとるだけやで？」

「そうだよ」

「お前、わりと目的地とかちゃんと決めて出かけたいほうなんやろが。それを、こない適当なことでよかったんか？」

「適当で悪かったたな」

苦笑いしつつ、篤臣は江南越しに窓の外を見やった。

「今日はなんとなく、そういう気分なんだよ」

「乗ったことのない路線に、ただ乗ってたいっちゅう気分か？」

今ひとつ腑《ふ》に落ちない様子で、江南は盛んに首を捻《ひね》る。篤臣はニコニコして答えた。

「そう。そんで、窓の外の景色を眺めて、あ、あれをもっと近くで見たいって思った桜があれば、次の駅で電車を降りて見に行く。たとえ他人様《ひとさま》の家の桜でも、塀の外から眺めるくらいは許されるだろ？　まあ、できたら花見をしながら弁当を食えたら最高だけど。今日はそういうの、ちょっとやってみたくてさ」

珍しく行き当たりばったりのプランを楽しげに語る篤臣を、江南はどこか眩《まぶ》しそうに見た。

「長いこと一緒におっても、わからんもんやなあ」

「ん？」

「お前のことなんかなんでもようわかっとる、喜ぶことも嫌がることも、好きなもんも嫌いなもんも知っとるって思うとったけど、まだまだやな」

それを聞いて、篤臣は軽く憤慨したように腕組みした。

「あのなあ、俺はそこまで底の浅い人間じゃねえぞ。十年や二十年で全部把握されてたまるか」

「ほな、お前も俺のことはようわかっとらんっちゅうことか？」

「んー、いや、お前のことは八割くらいはわかってるつもり」

「……つまり、俺はそんだけ底の浅い人間やと」

「そうじゃねえよ。だけどお前はこう、わかりやすいだろ。思ってることが全部態度に出るし、ビックリするほど裏表がないし、絶対に嘘つかないし」

「それが俺のええとこや」

「いいところでもあり、いつまでもガキっぽいところでもあり。善《よ》し悪《あ》しだな。ま、若干、『善し』のほうが多めかも」

「おいおい、若干かい」

苦々しい口調と裏腹の、どこか嬉しそうな顔でそう言った江南は、窓の外に視線を転じた。

「ほんで、それは俺が見つけた『近くで見たい桜』でもええんか？」

篤臣はほんの数秒考えてから答えた。

「そうだな。俺が同意できたら採用ってことにする」

「よっしゃ。電車にのんびり乗るんは俺も好きやけど、もう腹ぺこやねん。なるたけ早う弁当が食いたい」

切実な声音でそう言って、江南はバッグパックを両手で軽く叩いてみせる。篤臣も、それには深く頷《うなず》いて同意した。

「確かに。作ってるときのつまみ食いで、余計に腹が減ったかも。よーし、いい桜、早く見つけようぜ」

「ほいきた」

江南はまるで子供のように窓に鼻先を近づけて、篤臣はそんな江南の広い肩越しに、それぞれの「見に行きたい桜」を見つけるべく、流れゆく景色にじっと目を凝らした。


それから一時間後。

二人の姿は、初めて来る名前も知らない町にあった。

結局、電車の窓から篤臣が一本の桜を見つけ、江南も「ええな」と同意したので、二人は次の駅で下車し、記憶に残っている視覚情報をかき集めつつ、目的の桜を目指して歩き始めた。

車窓から見えたいくつかのチェックポイント……それは教会の屋根の上に立てられた十字架であり、焼肉屋の看板であり、小さな保育園の塀に描かれた愛らしいチューリップであり、屋根から壁まですべて鮮やかなピンクに塗装されたアバンギャルドな住宅であったりするのだが、それをお互い挙げながら、まるで宝探しをするようにルートを探索するのは、思いのほか楽しいことだった。

そして、三十分ほどうろついた結果、二人はついに目当ての桜を発見した。

その桜が生えているのは、住宅街から少し離れ、けっこうな急坂を上りきったところにある、小さな寺の境内だった。

「なるほど、小高い場所にあるから、電車の窓からも見つけやすかったんだな」

坂道のせいで息を乱し、うっすら額に浮いた汗をポロシャツの袖に押しつけて拭《ぬぐ》いながら、篤臣は感心した様子で言った。

日頃から外科医のハードな仕事で自然と鍛えられている江南のほうは、涼しい顔で篤臣をからかう。

「おい、これしきの坂でそないヨレてしもてどないすんねん」

「うるせえ！　俺はお前と違って、頭脳で仕事してんだよ」

「言うても、司法解剖かて長《なご》うなることがあるやろに」

「あっても、お前のオペほど毎度じゃないよ。はあ、疲れた」

喋《しゃべ》っているうちにいくぶん呼吸が整ってきた篤臣は、仕上げとばかりに大きく深呼吸する。

江南は、目前の、小さいがどこか威厳のある寺の門を見上げた。開け放たれた観音開きの扉の上には、「清開寺《せいかいじ》」と堂々たる字体で彫り込まれた木製のプレートが掲げられている。

「清開寺さんか。こらぁ、花見の前に、まずはお参りやな」

門の前で姿勢を正した江南は、被《かぶ》っていたハットをごく自然に脱ぎ、二つに畳んで小脇《こわき》に挟んだ。

「当然だな」

篤臣もそんな江南の隣に立ち、二人はほぼ同じタイミングで軽く一礼した。

決して広くはないが、塵《ちり》一つなく掃き清められた境内には、ちらほら参拝客の姿があった。同じく桜目当てなのだろう、皆、そそくさと参拝を済ませ、鐘楼の脇にある桜のほうへ歩いていく。

江南と篤臣も、チラチラと桜を見ながらも、まずは寺の本堂へと足を向けた。

賽銭箱《さいせんばこ》にそれぞれ財布から出した小銭を入れ、本堂の奥に安置されている本尊らしき仏像に手を合わせる。

「……あの仏像、誰《だれ》やろな」

手を下ろしてから、江南は篤臣に耳打ちする。

「知らないけど、仏様は誰だってありがたいんだから、丁重に拝んどけば間違いはないんじゃないかな」

真顔で答える篤臣に、江南は面白そうに笑った。

「お前の、たまにそういう思いきり大雑把なとこ、ええな」

「別に熱心な仏教徒ってわけじゃないんだから、それでいいだろ。神様仏様がいれば、とりあえず拝むのが日本人ってもんだ」

ムキになってそう言い張り、篤臣は本殿に背を向けた。江南はたいていのことに屈託のない彼らしく、実にあっさりとその意見を受け入れる。

「それもそうやな。俺なんか、神さんと仏さんの区別もようわからんもんな」

「いや、そのくらいはわかっとけよ。俺はわかるぞ」

「ホンマかぁ?」

「そこそこの数なのが仏様、一方で『八百万《やおよろず》』っていうくらいだから、きっと数えきれないほどいるのが神様」

「おいおい。ほな、前に京都で見た三十三間堂《さんじゅうさんげんどう》のあの大量の仏像とかはどないやねん」

「ウッ」

そんな他愛のない会話をしながら、二人は古ぼけた鐘楼のほうへ、大きな踏み石を辿《たど》って歩き出した。

鐘楼のすぐ脇に立つ桜は、かなりの年月を生き抜いた古木らしく、驚くほど太い幹の一部は、すでにひび割れ、枯れていた。

まるで傷ついた身体に包帯を巻くように、四手《しで》のついた注連縄《しめなわ》が幹をぐるりと取り囲んでいる。どうやら、この寺のご神木はこの桜であるらしい。

「寺やのに、注連縄で、ご神木かいな。なんやますますようわからんな」

目をパチパチさせる江南に、篤臣も指先で眉間を揉《も》みながら正直に言葉を返す。

「実は俺もだんだんわかんなくなってきたけど、昔はお寺と神社って、そう厳密に分かれてなかったんだろ？　どっちにしても、神聖な木ってことでいいじゃないか」

「ま、そやな」

江南もあっさり納得するあたり、篤臣のことは言えない程度には大雑把である。

あちこちで地上に顔を見せているゴツゴツした太い根を人間が踏んで傷めないよう、桜の周囲には驚くほどたくさんの水仙が植え込まれていた。

「寺だけに、無粋な柵やらロープやらはなしか。ええアイデアやな。柵を平気で乗り越える奴はなんぼでもおるけど、綺麗な花を踏む奴はそうはおらんやろし」

桜の周囲をカーペットのように彩る黄色と白の水仙は、遠くから見ても、近づいて見ても美しい。桜を取り囲む人々から少し離れたところで足を止め、江南は感心した様子でそう言った。

「いないことを願いたいな」

篤臣も簡潔に同意して、視線を下から上へと移動させた。

電車の窓から最初に見つけたとき、この桜は、大きな薄桃色の雲のようだった。

江南はシュークリームのようだと言ったが、篤臣的には、断じて雲である。

てっきり満開だと思っていたが、近くで見ると、まだ七、八分咲きといったところであるようだ。

太い幹からはたくさんの枝が出ていて、長い枝には何カ所か、木製の支柱が添えられている。

水仙といい支柱といい、いかにも痒《かゆ》いところに手が届くような管理状態なので、おそらく、この古木を絶えずケアしている専門家がいて、だからこその見事な開花なのだろう。

(凄《すご》いなあ……)

篤臣は桜と世話をする人、両方に尊敬の念を抱きつつ、梢《こずえ》を見上げた。

木の近くに来ると、花の一つ一つが見えてくるので、車窓から見たときのような「雲感」はもはやない。

その代わりに、篤臣の胸に迫ってくるのは、老いた木と人が力を合わせて咲かせた、たくさんの花の力強さだった。

「こんな桜、初めて見た」

篤臣の呟《つぶや》きに、江南も隣で頷く気配がする。

ご神木だからというわけではなく、ただ目の前に存在する桜の木に何か厳《おごそ》かなものを感じ、胸に湧《わ》き上がる敬意から、江南と篤臣はごく自然に目を閉じ、両手を合わせて、頭を軽く下げた。

「まずは木に挨拶《あいさつ》せんとあかんと思う花見、俺は初めてや」

「俺も」

二人は、そう言い合いながら、他の人々がしているように、「水仙バリアー」のすぐ近くまで近づき、下から梢を見上げてみた。

遠くから見ていたときと違って、今は、あらゆる方向、高さに伸びるゴツゴツした枝々が主役である。桜の花は、まるで枝を彩る飾りのようだった。

「なんだか、桜のイメージが変わったな。こんなに力強いものだったんだ」

「ええ桜、見つけたな」

江南は片手を額にかざし、梢のうんと上のほうを見て言った。

うん、と満足げに頷いた篤臣は、しかし、すぐに困り顔になって周囲を見回した。

「だけど、お寺は予想外だった。これじゃ、弁当を食いながら花見ってわけにもいかなそうだ」

「ああ、それはそうやな。残念やけど、どっか他に……おっ？」

本当に残念そうに辺りを見回した江南は、篤臣のいるほうと反対側から二の腕をつんつんとつつかれ、驚いてそちらを見た。

立っていたのは、やはり近くで見ていた初老の夫婦の妻のほうである。当然、見知らぬ人だ。

「お弁当って小耳に挟んだから」

そう前置きして、彼女は人懐っこい笑顔で、身を捻るようにして背後を指さした。

「はい？」

見れば、参道を挟んだ向こう側に、昭和を思わせるクラシカルなベンチが三台、無造作に置かれている。

寺門をくぐって入っていたとき、絶対にその前を通ったはずなのだが、二人とも桜に気を取られていて、反対側にあるベンチには少しも気づいていなかった。

「ベンチ……ですか？」

戸惑い顔でそう言った江南に、女性はニコニコして頷いた。

「あれは、お寺さんがこの時期に置いてくださるの。あそこだけ、飲み食いしてもいいのよ。私たちも、さっきあそこで桜餅食べたところ」

「へ、へえ。ほんまですか？」

目を見張る江南の腕をポンポンと叩き、女性は「遠くからわざわざありがとうね。綺麗な桜、楽しんでいってね」と言って、夫と共に去っていく。

江南が顔じゅうにクエスチョンを描きながら夫婦を見送るのを見て、篤臣は笑い出した。

「お前、頑固に大阪弁を喋り続けてるから、あの人、お前が観光客だと思ったんだよ、きっと」

「……ああ！　それで、『遠くから』て言いはったんか」

「たぶんな。でも、おかげでいい情報貰ったじゃないか。ちょうど、端っこのベンチだけは空いてるし、行ってみようぜ」

「そやな」

二人はさっそく、いちばん門寄りの、誰も座っていないベンチに近づいた。

他の二つのベンチのうち一つには、持参したサンドイッチを楽しそうにかじっている若い女性三人連れが、もう一つは、こちらも持参した魔法瓶入りの飲み物をときおり口にしながら、花見と読書を同時に楽しむ粋な高齢男性が座っている。

なるほど、ベンチの脇には、寺の住職が立てたとおぼしき木製のボードが置かれ、そこには黒々とした墨で「飲食、歓談などご自由にお使いください」と書かれた半紙が貼りつけてあった。

　近づいてよく見ると、「ただし、酒盛り・大騒ぎはご遠慮ください。ゴミは各自お持ち帰りを願います」と小さな字で書き添えてあり、どうやらこんな神聖な場所にも、不届き者は現れるものらしい。

「マジで、飲み食いしてええみたいやな」

「ありがたいな。じゃ、ここで食うか」

　二人はベンチに並んで腰かけ、早速、弁当の包みを開いた。

　保冷剤のおかげで気持ちよく冷えたおしぼりで手を拭き、まずはお互い一つずつ、篤臣が大きな三角形にまとめたおにぎりを取った。

　がぶりと齧《かじ》ると、柔らかく握られたご飯の中から、種を取って包丁で叩いた梅干しの果肉が、まるでとろりとしたジャムのように飛び出してくる。

　表面のほどよい塩気と梅干しの酸味が、歩いて少し疲れた身体に再びエネルギーを注入してくれた。

「旨ッ」

「お前のせいで、俺まで、おにぎりには味つけ海苔《のり》を巻くほうがしっくりくるようになっちゃったよ」

　コンビニエンスストアのおにぎりのようにパリッとした海苔ではないが、水分を吸ってしっとりした海苔がご飯に馴染《なじ》んで、これはこれで格別に旨い。

大きなおにぎりを齧る合間に、二人は箸でおかずをつまんだ。

「んー、我ながら、今日の玉子焼きは上手くできた」

「俺のフランクフルトの焼き加減も抜群や！」

互いに自画自賛しながら弁当を食べていると、晴れ渡った空を、飛行機が飛んでいくのが小さく見えた。

徐々にクッキリ広がって見える飛行機雲を見上げた篤臣は、眩しそうに目を細めつつ、そのまま視線を下げて桜を再び眺める。

「いい天気で、桜も綺麗で、人が少なくて静かで、弁当も旨くて……最高の休日だな」

「せやな。こんな花見は初めてやけど、お前が珍しゅう行き当たりばったりなプランを出してくれたおかげで、最高のロケーションになったやないか」

「たまには、いつもと違うことをするのも悪くねえな」

篤臣は楽しげに鼻歌を歌いながら、バッグから魔法瓶を取り出し、熱いほうじ茶をカップに注いだ。カップは一つしかないので、自然と回し飲みすることになる。

「うん、ほうじ茶にしてよかった。なんだか今日はそういう気分だったんだ。ほら」

篤臣が一口飲んで差し出したカップを受け取り、江南は悪戯《いたずら》っぽい口調で言った。

「おっ。ときめきの間接キッスになってしまうやないか」

「それがなんだよ。間接キッスどころの騒ぎじゃねえだろ、すでに」

隣のベンチに聞こえないよう小声でツッコミを入れ、篤臣は自分の肩を江南の広い肩にゴツンとぶつける。

江南と違って、公共の場ではちゃんと人目を気にする篤臣だけに、そのアクションは最大限のじゃれつきと解釈してもいい。長年のつきあいでそんなことは百も承知の江南は、嬉しそうに笑みを深くした。

「それもそやな。けど、こういうことのほうが、かえってドキドキせえへんか?」

「するかよ！　俺はむしろ……あ、いや、いい」

「なんや、言いかけた話を途中でやめんなや。むしろ、なんや?」

「いや、いいって」

篤臣は目元をうっすら赤らめ、返答を渋る。江南は、そんな篤臣にグッと顔を近づけ、

「おい、三秒以内に白状せんと、このままでっかい音立ててチューすんぞ」と囁いた。

「お前、そういう脅し方はどうかと」

「三、二、一……」

「わかった！」

篤臣はぐいぐい近づいてくる江南の額を片手で思いきり押し返すと、早口の小声で、いかにも嫌そうに再び口を開いた。

「俺はむしろ、お前が花とか猫とか子供とかツバメのヒナとか、小さくて可愛いものを見てニコッとするときの顔が、こう、ここにくる」

そう言って、篤臣は真っ赤な顔でコットンシャツの胸元、ちょうど心臓の上辺りに手を当てる。

しかし、その返答はいささか予想外れだったのだろう。江南はむしろキョトンとして、篤臣が弁当箱を隙間《すきま》を埋めるために入れてあったミニトマトをつまみ、ポンと口に放り込んだ。

「ちっこいもんやら可愛いもんやら、誰でも見たらニコッとしてまうやろ。そんなもん普通の反応や」

「それはそうなんだけど、まだ続きがあって……その、ゴホン」

「おう?」

「だから、その」

もう一度、わざとらしい咳払いをする間にも、篤臣の顔は、今、江南が咀嚼しているミニトマトに匹敵するほど赤みを増していく。

「なんやねんな」

「だから!」

そこだけ幾分大きな声で勢いづいて言ったものの、あとは風船から空気が抜けるように急速におとなしい声音で、篤臣は俯《うつむ》いて告白した。

「あんなに可愛いものたちを見ているときより、俺を見ているときのほうが、こいつはずっといい顔をするんだぞって。そう思ったら……嬉しくて、ちょっと得意っていうか、誇らしい気持ちになって、さらに胸にくる」

ひと息に言ってしまってから、ひと息ついて、篤臣は江南をチラッと見て小さく笑った。

「馬鹿みたいだろ」

「……アホか」

そこは関西人らしく受けた江南の顔も、みるみるうちに上気していく。

「アホか、ほんまに」

「いや、重ねて貶すなよ」

「貶しとん違うわ、アホ。こんなとこで何言うてくれとんねんっちゅう意味や」

「は？」

「全力で全身に力入れとかんと、このまま弁当箱を吹っ飛ばしてお前を抱き締めてまうやろが。なんちゅう可愛いことを、不意打ちで言うてくれとんねん！」

さっきまで真っ赤だった篤臣の顔が、たちまち青くなる。

「おい、絶対やめろよ。食いかけの弁当が勿体ないし、何より、ここは公共の場……ってか、お寺なんだからな！　そういう不謹慎なことは」

「旦那が嫁を可愛がるのの、何が不謹慎やねん。夫婦仲良しは、仏さんもニッコリ事案やろが」

「そういうこっちゃねえ。とにかく、全力でこらえろ。ほら、おにぎり、もう一つ食え」

羞恥《しゅうち》が閾値《しきいち》を超えて、やけっぱちの勢いになった篤臣は、江南の口に最後のおにぎりを押し込む。

目を白黒させて咀嚼しながら、江南はそれでも明らかに笑み崩れた顔で「ふひゃい」と言った。

「旨いか、そりゃよかったな」

照れくささと嬉しさを持て余して、篤臣は両手で顔を扇いだ。

陽射しはうららかで、吹く風は穏やかで涼しい。

まったく暑くはないはずなのだが、どうしようもなく首から上が火照ってしまっている。

もはや花見どころではなくなってしまった彼の精神状態をからかうように、頭上からヒラリと一枚だけ、小さな桜の花びらが落ちてきた。

それは彼の視界で蝶《ちょう》のように舞い、やがてコットンシャツの肩に落ちた。

「見ろ、桜が呆れてる」

篤臣の呻くような声に、江南は屈託なく笑った。

「呆れさしとけ。いや、どっちか言うたら、羨《うらや》んどるん違うか。俺らが仲良うおるから」

「どんだけ自分に都合のいい解釈をするんだよ。ったく」

力なく首を振りながらも、そういう江南のポジティブさにいつも救われ、励《はげ》まされてきたことを、篤臣は思い出さずにはいられない。

「なあ、江南」

「あん？」

「来年も、一緒にここに来て、こうして弁当を食べよう。その次の年も……。それこそ、さっきこのベンチのことを教えてくれたご夫婦みたいになるまで、ずっと」

篤臣の唐突な提案に、江南は怪訝そうにしながらも相づちを打つ。

「そやな。綺麗な桜やし、俺も来たい」

「毎年、この桜に呆れてもらえるように、ずっと……仲良くいよう」

「！」

江南の切れ長の目が、まん丸になるくらい大きく見開かれる。

一瞬、今度こそ抱き締められそうになったら、ミラクルなスピードで飛び退《の》こうと両脚に力を込めた篤臣だが、幸か不幸か、江南がとった行動は、ハグではなかった。

恥ずかしがり屋の篤臣を困らせたくない彼は、隣のベンチから見えないように、二人の身体の間で、篤臣の手をそっと握ったのである。

「おい」

「大丈夫や、誰も見てへん。ここにいる人らは、みんな桜を見てはるんや」

笑みを含んだ低い声でそう言って、江南はニッと笑った。

「そりゃ、そうだろうけど」

「ええな。そうしようや。毎年、ここに花見に来よう。俺は、ずっと桜に呆れられる自信あんで？」

本当に自信満々な江南の発言に、篤臣の眉がピクッと動く。

実は相当に負けず嫌いな篤臣も、薄い唇を尖《とが》らせて言った。

「俺も自信ある。この先ずーっと、お前にそういうニヤニヤ顔、させてみせるからな」

「ニヤニヤ顔違うて。トロトロ顔や」

「どっちでもいい。とにかく、今のその顔だよ」

口調の投げやりさとは裏腹に、篤臣は繋《つな》ぎ合った手にギュッと力を込める。

「お前の今のその可愛いふて腐れ顔も、来年また頼むわ。この見事な桜とセットでな」

空とぼけた、それでいて幸せいっぱいの弾んだ声でそう言って、江南は桜に目を向ける。

うららかな陽射しを浴びて、優しく微笑むような桜の古木の佇《たたず》まいを、篤臣もまた江南の手の温もりと共に、胸に深く刻み込んだ……。

二　夏の話

「おお、すっかり忘れていたが、今の時期、基礎棟の廊下は相変わらずの灼熱地獄だな。エレベーターからここまで来るだけで、健康に多少の害が及ぶほどの暑さだぞ。よく平気でいられるものだ」

軽やかなノックの直後、返事を待たずに法医学教室の実験室に入ってきた長身の男は、開口一番そう言った。

篤臣《あつおみ》は、スタンドにずらりと並べた小さなチューブの蓋《ふた》を指先で次々と閉めつつ、仏頂面で乱入者のほうを見た。そして、最後の蓋を締めてから、薄いラテックスの手袋をはめたままの手で、実験室の奥のほうを指す。

「そんなに暑いなら、低温室で凍えるほど冷やしてくりゃいいだろ」

つっけんどんに言われた男のほうは、特に気を悪くする風もなく、気障《きざ》に肩を竦《すく》めてみせる。

「さすがにそこまでじゃない。スイカと同室で涼を取るのは、いささか格好が悪いしな」

それは、消化器内科に所属する医師、楢崎《ならさき》千里《ちさと》だった。

学位論文用の研究をするため、一時期は毎日のように法医学教室に通い、篤臣について実験手技を学んでいた彼だが、それが一段落した今も、時間があるときはこうしてやってきて、トピックスを漁《あさ》ったり文献を借りたりと、地道に勉強を続けている。

見た目も態度も尊大だが、苦労や努力を人に見せたがらない意地っ張りかつ見栄っ張りなだけで、根は意外なほどに堅実で真面目《まじめ》な男だ。

楢崎は、篤臣、そして彼のパートナーの江南耕介《えなみこうすけ》と、いわゆる同期の桜である。親しくなったのは医師になってからだが、大学に入学したときから顔見知りではあったので、今さら互いに気を遣うことはしない。

「今はスイカなんか入ってねえよ。あれは貰い物があるときだけだ」

「では、ビールでも冷やしてあるのか？」

冷ややかな口調で混ぜっ返しつつ、楢崎は手近なスツールに腰を下ろした。

パリッとしたダブルの白衣に皺《しわ》をつけないようさりげなく気遣う仕草も、長い脚をゆったり組んだ余裕綽々《しゃくしゃく》のポーズも、いちいち鼻につくものの、見事に板についている。

別に本人がそう名乗っているわけではないが、「消化器内科のクール・ビューティ」という二つ名は伊達《だて》ではないようだ。

我が物顔でキムワイプを一枚取って額の汗を押さえる楢崎を、篤臣はジロリと見た。

「ビールも最近は貰ってないから入ってない。今は培地と試薬だけだ。あと、勝手に実験室の備品を浪費すんな」

「一枚取ったくらいで、かたいことを言うなよ」

「言うよ。うちは貧乏所帯なんだからな。つか、真夏の廊下は暑いもんだろ。あ、そんなこと言うってことは、もしかして臨床棟は、廊下もエアコン入ってんの?」

すると楢崎は、さも当然と言わんばかりに頷《うなず》いた。

「無論だ。さらに言えば、ここと違って、蛍光灯も一つおきに消灯などというけちくさいことをしてはいないぞ。煌々《こうこう》と明かりが点《つ》いている。何しろ我々は利益を挙げているからな」

「あーはいはい。そうでしょうとも。ちっとも稼がない部署で悪うございましたね」

心底ゲンナリした顔で篤臣が言うと、楢崎は鷹揚《おうよう》に両腕を広げた。

「まあ、その分、研究や社会貢献で大学の名声を上げてやってるじゃないか。堂々と生きろよ」

「上から慰めてんじゃねえ。つか、なんだよ? 久々に実験すんのか? 新しい検体でも持ってきたとか? 今はまずまず暇だから、やるんなら手伝えるけど」

篤臣がそう言うと、楢崎は小さく首を横に振った。

「いや、そういうんじゃない。まあ、近いうちに実験は再開したいと思っているし、その際は大いにお前を頼りたいところだが」

「じゃあ、何しに……まさか、わざわざ俺とお喋《しゃべ》りしに来たとか？」

「結果的にそうなってしまっている」

「結果的に？　どういうことだよ」

楢崎は、座るときに傍らのスツールに置いた紙袋を指さした。

「少々遅きに失したが、お世話になっている法医学教室にお中元を持参した」

「お中元？　今どき、わざわざ直で？」

驚く篤臣に、楢崎は皮肉っぽい表情で口角を上げた。

「百貨店経由で送りつけたんじゃ、どうにもインパクトが薄い。こういうのは、実際に提げてきてこそ効果的だ。とはいえ、アポイントメントを取るのはいかにも大仰だろう？さりげなく立ち寄るつもりだったんだが、城北《じょうほく》教授は会議中だそうだな。秘書さんに聞いたが、中森《なかもり》先生も夏休み中だそうじゃないか。つまり、お前しかいないわけだ」

いかにも残念そうな楢崎の様子に、篤臣は小さく笑った。

「ざまあみろ。なんでもスマートに運ぶと思ったら、大間違いだぞ。で、やむなく俺に会いに来たと」

「まあ、そういうことになるかな。とはいえ、じきに城北教授がお戻りになるようだから、それまでお前で暇潰《ひまつぶ》しをしながら待つとも言える」

「俺を堂々と暇潰しに使うな」

「暇なんだろう？　いいじゃないか」

「すぐそうやって揚げ足を取る！　まあいいや、確かに、ちょっとした待ち時間が発生したところだ。あっちへ行くか？」

篤臣はセミナー室のほうに顎《あご》をしゃくったが、楢崎はかぶりを振り、紙袋から缶コーヒーを二つ取り出した。一つは自分が持ち、もう一つを篤臣の前に置く。

「いや。こっちのほうが気楽だ。幸い、飲み物は持参した。お前の分もあるぞ。粗茶、もとい粗コーヒーだが」

「別に粗じゃないだろ。ちゃんとした缶コーヒーじゃないか。メーカーの人に謝れ」

「それもそうか。ああ、もしやコーヒーは嫌いだったか？」

「いや、ありがたくいただくよ。だけど、なんでまたセミナー室が嫌なんだ？　うちのセミナー室、そんなに堅苦しかったっけか？」

篤臣は手袋を外しながら、怪訝《けげん》そうに小首を傾《かし》げる。楢崎は、幾分決まり悪そうに咳払《せきばら》いした。

「嫌ってわけじゃないが、顔見知りじゃない秘書さんに世間話を聞かれるのは、あまり嬉しいものじゃないからな。……いつから？」

それが、新顔の教室秘書のことを指していると察して、篤臣は簡潔に答えた。

「先月からだよ。ここ数年、秘書さんが長く続かなくてさ」

楢崎は、軽く眉《まゆ》をひそめた。

「何故だ？　お前か中森先生が、小姑《こじゅうと》みたいに秘書さんをいびってでもいるのか？」

篤臣は迷惑そうな顔で即座に否定する。

「バカ言うなよ。数少ない仕事仲間をいびったってなんの得もないだろ。そうじゃなくて、全部、秘書さん側の都合だ」

「ふむ？」

篤臣は真顔で嘆息した。

「秘書さんは一般人だからな。間接的とはいえ、人の死に近い仕事を長く続けるのは、精神的にきついことがあるんだそうだ」

「なるほど、それは理解できる」

楢崎は眼鏡《めがね》を外すと、遠慮なくキムワイプをもう一枚取り、丹念にレンズを拭《ふ》き始める。

篤臣は早くも諦《あきら》めの表情で、説明を続けた。

「あと、給料も定年まで続けたいほど高くはないだろうし、臨床みたいに玉の輿《こし》的なチャンスもないしさ。まあ、こないだ辞めた人は結婚退職だったたから、普通にめでたい理由でよかったんだけどな」

「それは何よりだ。ところで」

そこで言葉を切った楢崎は、勿体ぶった手つきで眼鏡を掛け直し、意味ありげな視線を篤臣に向けた。

楢崎がそういう目つきをするときは、だいたいろくでもない話題を振ってこようとしているると相場が決まっている。

いつもなら姉貴分の美卯《みう》がいるので、さすがの楢崎もそれなりに話題を選ぶが、今は広い実験室に二人だけだ。

(キングオブろくでもない、みたいな話題を振ってきやがるんだろうな)

篤臣はあからさまに嫌そうな顔で、それでも律儀に「なんだよ?」と水を向けた。

すると楢崎は、実に意地の悪い口調で問いかけてきた。

「どうなんだ、江南の奴とは最近?」

篤臣の、普段はにこやかな顔が、ギュッとしかめられる。

「何がどう、どう、なんだよ?」

「大丈夫なのか? つまり、円満なのか、という意味だが」

奇妙な質問に、篤臣はさっきよりさらに剣呑《けんのん》な口調で言い返した。

「なんだってお前に、そんなプライベートなことを訊《き》かれなきゃいけないんだ」

「なんだってって、そりゃ、俺はお前の命の恩人だからじゃないか？　これ以上プライベートな繋《つな》がりは、そうそうあるまい」

「汚いぞ！」

「お前のせいだろうが。俺としては、そんなささやかな善行をいつまでも持ち出すつもりはないが、問われればそう答えるよりない」

「そうだけどさぁ。いやもう、それ言われると、マジで返す言葉がないよ」

篤臣は憤りながらも、素直に認めた。

数年前のある夜、篤臣は自宅で酷い腹痛に見舞われ、どうにも身動きが取れなくなったことがある。

江南はまだ大学病院で勤務中であり、彼の多忙ぶりを知っている篤臣は、つい連絡を躊躇《ためら》った。そのとき、篤臣が唯一助けを求められる存在であり、実際、即座に駆けつけてくれたのは、同じマンションに住む楢崎だったのである。

ソファーに転がる篤臣を診察し、急性虫垂炎を疑った楢崎は、すぐK医大に連絡をつけ、自家用車のハンドルを握って篤臣を搬送してくれた。

彼の迅速で、しかも的確な行動がなければ、篤臣は最悪の場合、命を落としていたかもしれない。

楢崎がいつも「そんなことはなんでもない」というように飄々《ひょうひょう》とした態度でいてくれ

るので、篤臣は顔を合わせても気恥ずかしさを感じずに済むのだが、こうして改めて当時の話を持ち出されると、たちまち顔から火を噴きそうになる。

「マジであんときは、お前が天使に見えたもんな」

「死神にならなくてよかったよ」

気取った口調でそう言い、楢崎は笑みを深くする。つられて笑いそうになった篤臣は、慌てて表情を引き締めて譲歩した。

「じゃあ、その質問自体は許す。けど、なんだって俺と江南が円満かどうかを、お前がいちいち気にするんだよ。どう考えたって、不気味だろ」

「そういうリアクションをされるということは、俺の気のせいかもしれんな。だがまあ、いったん始めた話を途中でやめられては、気分が悪かろう。率直に打ち明けるが、最近、江南がのろけなくなったので気になっているんだ」

「……は？」

ポカンとする篤臣に、楢崎は気障に肩を竦めてみせた。

「お前も知っているだろう。江南のうんざりするほど詳細な『嫁自慢』を」

「それを俺に言うのかよ」

あまりの羞恥《しゅうち》に、篤臣は両手で顔を覆ってしまう。

法的なものでないとはいえ、江南のアメリカ留学中に教会で結婚式まで挙げたからには、篤臣とて彼との関係を隠すつもりは微塵《みじん》もない。

互いの家族には一定の理解を得ることができたし、職場についても、医療機関に所属する人間が、現代の多様な人間関係に率先して理解を示さなくてどうするのだという強い思いもある。

一方で、篤臣は私的な事柄について、他人にペラペラと喋りまくるような性格ではない。隠す必要もなければ、ひけらかす必要もない。

ただただありふれたカップルの一組として、和やかに穏やかに生きていきたい。そう考えている。

そんな篤臣の希望とは裏腹に、江南のほうは、とにかくあけすけというか、有り体に言えば、篤臣のことをとにかく誰彼《だれかれ》構わず自慢したいらしい。

知り合いという知り合いに、「うちの嫁が」と篤臣の話を誇らしげにしてしまう癖があって、ときおり篤臣を困惑させる。

消化器内科と外科で連携して仕事にあたることが多く、公私共に気心の知れた楢崎は、江南にとっては格好の自慢話の相手なのだろう。

顔から手を離さない篤臣を人の悪い笑顔で見やり、楢崎は興味深そうな口調で言った。

「そういえば、一度訊《たず》ねてみたかったことがある。江南に『嫁』呼ばわりされることを、お前自身はどう思っているんだ?」

「どうって、何が？」

篤臣はようやく両手を下ろし、怪訝そうに楢崎を見る。

「いや、単純に、江南もお前も男だろう。別にお前が嫁呼ばわりされるいわれはなかろうと思ってな」

「ああ……。そりゃまあ、そうだよな」

篤臣があっさり認めたので、楢崎は拍子抜けした様子で、それでも底意地の悪い質問を重ねた。

「では何故、受け入れているんだ？　もしや、夜の立場が、昼の関係性にも反映されているとか？」

それを聞くなり、ようやく落ちつきつつあった篤臣の頬《ほお》が、さっと赤らむ。

「あのなあ……！　そういうことを昼間っからオープンに言ってんじゃねえよ。つか、昼間じゃなくても、職場でそういう話はやめろ」

「ガキじゃあるまいし、いちいち盛大に照れるな。話を振ったこっちが恥ずかしくなるだろう」

「ちょっとは恥ずかしくなれ。っつか、江南の奴が俺を嫁呼ばわりしてるからっていっても、俺は別にあいつのことを亭主だとは思ってない。勿論、嫁だとも思ってねえよ」

「だったら、なんだと思ってるんだ？」

「何って、配偶者でいいだろ。パートナーって言ってもいいけど」

「ふむ。そういう意識でいるなら、奴に嫁呼ばわりされるのは不本意なんじゃないか？」

「んー、まあ、不本意な時期もあるにはあったな。俺は男なんだから、嫁とか言ってんじゃねえって昔は抗議してたわ、そういや」

楢崎は、缶コーヒーを開けて一口飲み、「甘すぎるな」と不平を言ってから、篤臣に視線を戻した。

「諦めたのか？　江南の奴がしつこいから？」

篤臣はポリポリと指先で頬を掻《か》きながら、困り顔で説明を試みた。

「んー、まあ、それもある。江南の奴、頑固だからな。こうと決めたら曲げないってか曲がらないってか。でも、それ以上に……なんか、まあいいかって思ったんだよ、俺が」

篤臣は、はにかんだ笑みを浮かべ、楢崎に貰った缶コーヒーを開けた。

飲む前につい匂《にお》いを嗅《か》いでしまうのは、法医学者のあまり行儀がよろしくない癖である。

「まあいいのか？」

不思議そうな顔つきの楢崎をよそに、篤臣はコーヒーを口にして、首を傾《かし》げた。

「俺はこのくらい甘くていいけどな。これを牛乳で割ったら、きっと最高に旨い」

「それではコーヒーではなくコーヒー牛乳だな。それで？」

笑いながら楢崎は実験用のデスクに軽くもたれ、リラックスした姿勢で答えを促す。

篤臣は、やや苦みの強いコーヒーをもう一口飲んでから答えた。

「あるとき、気づいたんだよ。江南にとっての『嫁』って言葉には、俺を女扱いしたいとか、マウントを取りたいとか、支配下に置きたいとか、そんなくだらねえ意味合いはないんだ。そうじゃなくて、なんていうか……」

「ふむ？」

篤臣はじっくり言葉を選びながら、説明を続ける。

「あいつにとっての『嫁』ってのは、世界にたったひとりの、大事にしたい、大好きで、全力で守りたい、ずっと傍《そば》にいてほしい人間のことなんだ。猛烈に濃い想《おも》いが集約した呼び名なんだよ。それに気づいてからは、躍起になってやめろって言う気にならなくなっちゃってさ」

「…………」

「勿論、俺だって男だ。一方的に守られる気はねえし、いざとなれば江南を守る気概はあるんだぞって、ビシッと言ってやったけどな！」

最後はちょっと得意げに締め括《くく》った篤臣の顔をつくづくと見つつ、楢崎は缶コーヒーをゆっくり飲み干した。それから、真顔で独り言のように呟《つぶや》く。

「やはり、類は友を呼ぶのだな」

「は？　なんの話だよ」

「いや、お前も、江南と同じくらい、いや真顔なだけにより強烈に、しかも堂々とのろけるんだなと感心していただけだ」

「べ、別にのろけたりは」

「した。たった今」

「今のはのろけじゃなく、お前の疑問に対して、説明を試みただけだろ」

「説明を兼ねたのろけだよ。なるほど、惚《ほ》れた男に『世界でただひとり、お前が最愛の人物だ』と言われていることになるのなら、嫁呼ばわりも嫌ではないだろう。ありがとう、腑《ふ》に落ちた」

「そりゃよかったよ！」

篤臣は半ばキレ気味にそう言うと、勢いよく缶コーヒーを机に置いた。

「それより！　俺たち、なんの話をしてたんだっけ？」

「だから、江南がその『嫁自慢』をしなくなったという話だ。気のせいかと思っていたが、最近……そうだな、俺の記憶が正しければ、一週間以上、『うちの嫁が』というフレーズを耳にしていない」

楢崎は、研究の話をしているときとまったく同じ淡々とした口調で言った。

篤臣は、なんとも言えない微妙な表情で肩を竦めた。

「そりゃ、単純にネタが尽きたからじゃねえの？　俺は日々、淡々と暮らしてるんだ。目新しいことなんぞそうそう起きないんだから、のろけるネタだって、そりゃいつかは尽きて当たり前だよ」

だが楢崎は、すぐに言い返してくる。

「いつもの江南なら、お前が息をしているだけで『宇宙一可愛《かわい》い』と言い張るだろうよ。だがこの一週間あまり、『嫁』というフレーズを聞かないだけでなく、お前の話題もとんと出てこないんだ。それに気づいて、気がかりになってな」

「何かあったんじゃないかって？」

「ああ。江南に『永福《えいふく》と何かあったのか？』と訊ねてもよかったんだが、俺があいつののろけ話を楽しみにしていると誤解されても困るんでな。今日、こうして中森先生抜きで会えたのはいい機会だから、お前のほうに訊ねてみようと思ったわけだ」

そこで言葉を切り、楢崎は篤臣の顔をつくづくと見た。

「しかしお前の話を聞く限り、特に江南と不仲になった気配はないようだな」

「あってたまるか！」

篤臣は、眉根をギュッと寄せ、憤然と言ったが、すぐに不安げに楢崎を見た。

「……ないよな？」

「知るか。お前と江南の私生活のことなど、俺が知る由などない。ないから訊いたんだ。だがまあ、お前がそう言うなら、やはりこれは、俺の気のせいなんだろう」

サラリとそう言って、楢崎はフッと笑った。

「俺としたことが、江南と顔を合わせるたびに、うんざりするほどお前の話を聞かされるものだから、ついそれが当たり前だと思ってしまっていた。本来、そうでないほうが普通に決まっている」

「お、おう」

「江南の奴が、ようやく『正常』になったと、むしろ喜ぶべきだったな。すまん、くだらん話をした」

「あ、いや」

篤臣が戸惑いながら何か言おうとしたそのとき、実験室の扉が開き、城北教授が顔を出した。楢崎の姿を見ると、柔和な笑みを浮かべ、片手を軽く上げる。

「やあ、楢崎先生、しばらく。わざわざ訪ねてくれたのに、留守にして申し訳なかったね。さ、教授室へどうぞ」

楢崎は、さっきまでのリラックスぶりはどこへやら、すぐさま立ち上がり、優雅に、それでいて折り目正しく一礼する。

上下関係に厳しい臨床医学の世界で生きてきた彼だけに、学位論文取得の大恩人であり、人柄も素晴らしい城北教授に対しては、最上級の礼を尽くすことにしているらしい。

「いえ、こちらこそ、アポイントメントも取らず、たいへん失礼をいたしました。お邪魔してもよろしいのですか？　会議でお疲れのようでしたら、出直しますが」

「なんの。退屈が生んだ疲れは、楽しい会話で癒《いや》せるものだ。歓迎するよ」

「ご期待に添えるような楽しい会話がご提供できるかわかりませんが、ではお言葉に甘えさせていただきます」

「うむ。永福先生も、お疲れさん」

城北教授が扉を閉めてセミナー室へ向かうと、楢崎はスツールに座ったままの篤臣に片目をつぶってみせた。

「邪魔したな。ま、俺のくだらん話などすっぱり忘れて、江南とせいぜい仲良くやってくれ」

「余計なお世話だよ！」

「ははは。ではまた」

ヒラヒラと手を振り、楢崎は贈り物が入った紙袋を提げて実験室を出ていく。その颯爽《さっそう》とした後ろ姿を恨めしげに見送り、篤臣は溜め息をついた。

「なんだよ、言いたい放題言って、行っちまいやがって。言われなくても、忘れるよ。だいたい、今さら『何か』なんてあるわけないだろ、俺と江南の間に。どんだけ長く一緒にいると思ってんだ」

そう言いながら、彼はコーヒーを飲み干し、缶を片づけて手を洗った。

それから手袋を嵌《は》め直し、サンプルを立てたラックを取り上げ、次の工程へ移るべく分析機器のほうへ足を向ける。

「うん……思いつく限り、何もない」

誰もいない実験室で、篤臣は独りごちた。

直近で江南と顔を合わせたのは二日前だが、そのときも、江南の様子に変わったところはなかった。

無論、二人の間にこれといった諍《いさか》いなどなかったし、まったくいつもどおりに過ごしたはずだ。

(いや、待てよ。楢崎の奴、一週間以上、江南が俺の話をしていないって言ってたっけ。二日前どころか、もっと前か)

分析機器の電源を入れ、システムが立ち上がって安定するのを待ちながら、篤臣は記憶の糸をたぐった。

その前日、そのまた前日、そして……。

(かろうじて覚えがあるとしたら五日前の夜、脱いだ靴下をソファーの背もたれに引っかけてあったのを怒ったけど、俺がその手のことで小言を言うのは日常茶飯事だし、悪いのは百パーセントあいつだし、特に問題になるようなことじゃなかった。そりゃ、ちょっとはむくれてたけど、言い返してくるほどじゃなかったもんな。それに……)

それに一昨日《おととい》の夜も、江南は篤臣のうなじの下に大切な外科医の腕を枕代《まくら》わりに差し入れ、愛《いと》おしげに抱き寄せて眠った。

翌日、篤臣には朝一番に司法解剖の予定があったので、強引に求めることはせず、それでもどこか未練がましく、眠りに落ちる瞬間まで背中を撫《な》で続ける大きな手を、篤臣はどこかくすぐったく嬉《うれ》しく感じながら、一足遅れて夢の世界へ旅立ったものだ。

そのときの甘ったるい気持ちが甦《よみがえ》ったせいで、篤臣の頬はまたしてもぼっと熱くなる。

「ああ、くそ。楢崎がつまんねえこと言ったせいで、心当たりもないのに、なんかモヤッとするじゃねえか」

こんな乱れた心でサンプルを扱っては、操作をしくじってしまう。

篤臣は深い溜《た》め息をつくと、白衣のポケットからスマートフォンを引っ張り出した。そして、少し躊躇ってから、「今夜は帰ってこれそうか?」と、江南に短いテキストメッセージを送ったのだった。

「おっ、なんやこれ。胡瓜《きゅうり》……?」

「ちげーよ、ズッキーニ」

「ほーん」

ズッキーニ、と口の中で幾度か呟きながら、江南は大きなフライを箸《はし》でしっかりと挟み、もう一口齧《かじ》った。

「ええ歯ごたえやな。胡瓜の親戚《しんせき》か？」

「形は胡瓜っぽいけど、確か、どっちかっていえばカボチャ一族の出だったと思う」

「カボチャ……。言われてみたら、甘うないゴリッとしたカボチャっちゅう感じがせんでもないな」

「そうそう。ズッキーニは、まだ若い実を採るからそんな感じらしいよ。それでもしっかり火を通したから、生より柔らかくなってるはずだぞ」

江南は感心した様子で、ズッキーニのフライと篤臣の顔を交互に見た。

「ふうん。おもろい食いもんやな。そやけどズッキーニて、これまで食うたことがない気ぃすんねんけど。今日、初めてか？」

篤臣は、油揚げと豆腐のみそ汁の味を確かめてから、「何度も食わせてるよ」と苦笑いした。

「ホンマか？」

「ホントだって。ラタトゥイユにも入れてるし、ガパオライスにも、ドライカレーにも入れてるし、スパニッシュオムレツに入れたこともある。でも、クタクタに煮えてたり、小さく刻んでたりするから、意識したことはあんまりないかもな。旨いだろ？」

「旨いな、肉巻いてあるし」

篤臣はやや大袈裟《おおげさ》に肩を落としてみせた。

別に昼間、「帰ってくるのか」と篤臣が訊ねたせいではないだろうが、江南は珍しく午後七時過ぎに帰宅した。

おそらく、受け持ちの患者たちの容態が安定しているのだろう。江南の表情をひとめ見ただけで、そのくらいのことは篤臣にはお見通しだ。

病院に泊まり込む夜は、どうしても好きなものやインスタント食品ばかり食べてしまい、食生活が偏る。

それだけに、江南が自宅で食事を摂れるときには、できるだけ体にいいもの、特に野菜をたくさん食べさせようと、篤臣は一生懸命に知恵を絞る。

とはいえ、あまりにもそこにこだわり、食べることが楽しくなくなってしまっては本末転倒だ。

江南の好みにもちゃんと添えるよう、今夜は、ズッキーニと茄子《なす》を細長く切り分け、豚ロースの薄切り肉をたっぷり巻きつけて、パン粉で衣をつけてカラリと揚げた。

揚げ物ではあるが、本体は野菜だし、衣も極力薄くしている。揚げ油もコレステロールゼロを謳《うた》うものを一応使ってみた。

烏《からす》の行水よろしく素速くシャワーを浴びた江南は、キリッと冷えたビールと揚げたての

「結局、肉かよ」

大きなフライという最高の組み合わせに、子供のように大喜びした。

野菜とはいえ、柔らかな茄子やシャキッとしたズッキーニには、豚肉の旨味がよく染み込んでいる。

カリッとした衣にウスターソースをたっぷり掛けて頬張れば、ビールも炊きたての飯も大いに進もうというものだ。

「野菜もこうして肉で巻いたら、肉の一部になったようなもんや。食える。っちゅうか、めちゃくちゃ旨い」

実にストレートな感想を口にして、江南は今度は茄子の肉巻きのほうに箸を延ばす。

普段と変わらない無邪気な姿に、篤臣はホッと胸を撫で下ろした。

(なんだよ、いつもの江南じゃねえか。くそ、楢崎がいい加減なことを言ったせいで、無駄に気疲れしちまった。今度会ったら、山ほど文句を言ってやる)

楢崎のすかした顔を思い出し、忌々《いまいま》しい思いでビールを飲む篤臣を、江南は不思議そうに見た。

「どないした？　食欲ないんか？」

「あ、いや、そういうわけじゃなくて」

「そう言うたら、病棟ナースが、揚げもんしたら胸焼けしてしもて、自分はさほど食われへん言うとったな。もしかして、お前もそうなんか？」

篤臣は慌てて脳内から楢崎の姿を追い払い、かぶりを振った。

「いや、そんなことないよ。そこまでヤワじゃねえって。俺も食う」

「おう、熱々がいちばん旨いからな」

「だな」

江南曰《いわ》く「大阪人はウスターソースが大好き」だそうで、食卓にはいつも、江南がお気に入りのウスターソースが常備されている。

一緒に暮らし始めた頃は、せっかく作った料理にしょっちゅうウスターソースをかけられ、自分の味つけがそんなに気に入らないのかと神経を尖《とが》らせていた篤臣だが、江南にそんな当てつけがましい意図はないと気づくまでに、長い時間はかからなかった。

江南はとにかくウスターソースの味が好きで、彼の言葉を借りれば、「ただでさえ旨い飯が、ウスターソースをかけたらもっと旨うなることがある」だけなのである。

江南に勧められるままに、篤臣も半信半疑で試してみたところ、確かに、フライにも、カレーライスにも、果ては皿うどんにも、ウスターソースは確かによく合う。

今となっては、それまで中濃ソース派だった篤臣も、すっかり感化されてウスターソースが好きになり、今夜もフライにかけるために手にしたのは、ウスターソースのボトルだった。

慎重にソースを垂らす篤臣に、江南は右眉を上げておかしそうに言った。

「ソースはもっとじゃぶじゃぶかけろや」

「ばーか、それじゃ、せっかくの食材の味が台無しだろ」

「んなことはあれへん。ウスターソースはなんぼようけかけても、食材の味をバッチリ引き立てるで」

「百歩譲ってそうかもしれねえけど、お前、そろそろ塩分摂取量のこともちょっとは考えろよな」

そんないつもの小言を口にしてすぐ、篤臣はハッとする。

(あ……こういう細かいことですぐ俺が怒っちゃうのが、江南の中でストレスとして溜まり溜まって……その、のろけ話が消滅した、とか、そういう可能性も)

気にしないつもりでも、どうしても昼間の楢崎の話がささくれのように心に刺さっているせいで、篤臣はついフォローの言葉を口走った。

「ああいや、美味《おい》しく食ってくれるならいい。うん、いいんだ」

「おう?」

急に優しくなった篤臣に、江南は訝《いぶか》しそうに缶ビールを持ったまま動きを止める。そんな江南の皿に、篤臣は自分の茄子のフライを一つ、放り込んだ。

「いいから。家にいるときくらい、できたての飯を好きなだけ、好きなようにたくさん食えよ」

「お前はええんか？」

「俺は、毎日自分で作って自分で食ってるからな。飽き飽きだ」

そう言って笑う篤臣の顔を、江南は少し心配そうに見た。

「なんか……あったんか？」

「は？」

内心ギクリとしつつも、篤臣は空とぼける。

「何もないけど？　なんでそんなことを？」

「いや、なんとのう、いつものお前らしゅうない気がしたんやけど」

「んなことはないだろ。俺はいつもの俺だよ。お前こそ」

うっかり口を滑らせそうになって、篤臣は慌てて口を噤《つぐ》む。江南はますます面食らった様子で、ビールをぐびりと飲んだ。

「俺がどないかしたんか？　今日は、靴下もちゃんと洗濯機に入れたで？」

「そりゃ当たり前のことだっつの。小学生かよ」

「ほな……他《ほか》になんぞ、お前に咎《とが》められるようなこと、あったか？」

篤臣はブンブンとかぶりを振る。

「咎めるようなことなんて何もないよ。今日も思ったより早く帰ってきてくれて、嬉しかったし」

ついこぼれてしまった素直な言葉に、江南はたちまち相好を崩す。

「おっ、一秒でも早う、俺に会いたかったたっちゅうやつやな！」

「はいはい、そういうことにしとくよ」

照れ隠しで投げやりに篤臣が応じた直後、窓の外で、大きくはないが「どーん」という野太い音が聞こえた。

二人は口を閉ざし、同時にリビングの掃き出し窓のほうを見る。

「あ！」

篤臣の声から、驚きの声が上がった。

ベランダの手すりの上方に、パッと色鮮やかな花火が開いたのである。

江南も嬉しそうに手を打った。

「そや、今日、川沿いで花火大会やっとるん違うか」

「平日に？」

「休日やと人が集まりすぎる言うて、ここ何年かは平日をわざわざ選んどるて聞いたで」

「へえ。いつ始まったんだろ。喋ってたせいで、今まで音が聞こえなかったのかも。あらかた食ったし、ちょっと見ようぜ」

「おう、ええな」

篤臣がソワソワした様子で席を立ったので、江南も、皿の中に残っていたフライを口いっぱいに頬張り、精悍《せいかん》な顔を台無しにしつつ立ち上がった。

ドーン！

大きな掃き出し窓を開けると、花火を打ち上げる音がより大きく聞こえ、同時に、夜だというのにむわっと湿った熱気が全身を包み込んでくる。

「暑っ」

思わず声を上げた途端、今度は頬に冷たいものが当たって、篤臣は小さな悲鳴を上げた。

「冷たッ」

「こういうときには、準備万端で出てくるもんや」

飲みかけのビールの缶を篤臣の頬に押し当て、江南はへへっと笑う。口の中のフライをビールで流し込んでから、彼は缶を篤臣に渡した。

「脱水にならんように、飲んどけ」

「アルコールで余計に脱水になるっつの。どうせなら、ノンアルコールの飲み物を持ち出せよな。麦茶とか」

負け惜しみを言いつつ、篤臣はビールを一口飲み、喉を滑り降りていく冷たい刺激に小さく唸《うな》った。

「くう、やっぱ外で飲むビールは、ベランダでも旨いな」

「せやろ。お、また上がった。ビルの合間から、ちょいちょい飛び出してきよる」

「ホントだ。わざわざ屋上へ行かなくても、それなりに見えるもんだな」

「そやな。屋上はもう他の人らが行ってるやろから、全部は見えんでも、俺はここのほうがええわ。なあ?」

思わせぶりにそんなことを言いながら、江南は篤臣の肩にさりげなく腕を回す。

「おい、暑いよ」

篤臣は迷惑そうに江南を睨《にら》んだが、自分から腕を振り解《ほど》くことはしない。

それが、照れ屋のパートナーの素直ではない甘え方だと知っている江南は、目尻《めじり》に嬉しそうな笑い皺を寄せ、篤臣を軽く抱き寄せた。

「暑いって言ってんのに」

「ええやないか。何もせんかっても暑いんやったら、こうしとっても同じやろ」

「どういう理屈だよ、それ」

口を尖らせて抗弁しつつも、篤臣は内心ホッとしていた。

(やっぱり、いつもとちっとも変わらない江南だ。……その、俺のこと、相変わらず滅茶苦茶好きな江南じゃないか。くそ、楢崎の奴。惑わせてんじゃねえよ)

そんな、口にしたら恥ずかしくて死ぬような喜びの言葉が胸にこみ上げて、自然と頬が緩んでしまう。

江南が花火に夢中でこちらを見ずにいてくれるのが、今の篤臣には何よりありがたかった。

そのまま二人はベランダの手すり沿いに寄り添って立ち、遠くの川辺から断続的に打ち上げられる花火を眺めた。

地元の小規模な花火大会なので、花火の数もサイズも控えめである。それでも打ち上げ花火というだけで、気持ちが一気に華やぐのだから不思議なものだ。

江南が持ってきた飲みさしのビールはすぐに尽きてしまったが、お代わりを取りに戻るのが面倒で、二人は暑い暑いと言いながら、滲《にじ》む汗をTシャツの袖で拭《ぬぐ》った。

やがて、腹に響く打ち上げの音が途絶え、花火も見えなくなった。どうやら、花火大会は静かに終了したらしい。

川の上空にたなびく灰色の煙を名残《なごり》惜しそうに眺め、江南は首を捻《ひね》った。

「なんや、もう終わりか。っちゅうか、えらい地味やな。花火大会っちゅうんは、こう、ラストにババババーン、ジャジャーン、って派手にぶち上げるもん違うんか?」

子供じみた擬音と、それぞれ特大の打ち上げ花火とナイアガラを表現した手の動きに、篤臣は噴き出す。

「そりゃ、有名な花火大会はそうかもしれないけど、ご予算少なめの地元版じゃ、そうもいかないだろ。つか、俺たちに見えないだけで、河原では何かフィナーレ用の花火があったのかもしれないぞ」

「ああ、それもそやな。遠くからタダ見して文句言うんも野暮か」

「そういうこと。綺麗《きれい》だったな。お前のせいで滅茶苦茶暑かったけど！」

「ホンマやな。花火は、文字どおり夏の華や。今年は一緒に見れてよかった」

江南はしれっとした顔でそう言って、まだ抱いたままの篤臣の肩を手のひらでポンポンと叩《たた》く。

篤臣も、それには素直に同意した。

「ホントだな。毎年、だいたいお前が病院に泊まり込む日に花火大会で、音だけ聞いて『ああ、やってんな』って思って済ませてるもん。見られてよかったよ」

江南は不思議そうに眉根を寄せる。

「そういうときは、見いへんのか？」

「ひとりで見たって虚《むな》しいだろ。暇ならまあ、窓からチラ見程度はするかもしれないけど、こんなふうに蒸し暑いベランダに出てずーっとひとりぼっちで見物しようなんて、とても思えねえよ」

「ほな、今日は俺が一緒におるから、特別なんか」

「ニヤニヤしてんじゃねえよ、バカ」

花火大会も終わったことだしと、篤臣はようやく江南の手を肩からさりげなく落とそうとした。

しかし江南は、節くれ立った指にグッと力を込め、篤臣を逃がすまいとする。

「おい、なんだよ」

幸い、両隣は留守なのか静まり返っているが、そう離れていない部屋のベランダから、同じように花火見物をしていたのであろう家族の話し声が聞こえる。

ということは、自分たちの会話も聞こえかねないということだ。

「なあおい。いい加減離れろって」

篤臣は声をひそめて咎めたが、江南は篤臣の顔に自分の顔を近づけ、こちらは低い声で問い質《ただ》してきた。

「それはそうと、お前、ホンマに今日はなんぞあるやろ」

思わぬ追及に、篤臣の心臓がどくんと跳ねた。

「……なんぞって、なんだよ」

根が正直なだけに、しらばっくれようとする声が早くも上擦《うわず》っている。江南は、真顔に戻って、そんな篤臣の顔を覗き込んだ。

「なんやって、俺のほうが訊いとるねん。どうも、いつもと様子が違うやないか」

「んなことは、別に」

「ある。こう、エッジが鈍いっちゅうか、キレが足りんっちゅうか、なんぞわだかまっとる気配や。外科医の勘、いや、亭主の勘や。誤魔化されへんで」

「いちいち亭主アピールすんじゃねえ。つか……くそ、やっぱ鋭いな」

思わず小さく舌打ちした篤臣に、江南はそれみろと言いたげな顔つきで、声に力を込めた。

「ほな、なんぞあんねんな?」

「何って言うほどのこともない、つまんない話だよ。ただ、ちょっとだけ引っかかって」

「なんや。言うてみ。どんなつまらんことでもええから、正直に言うてくれ」

「言うけど、まずは中入ろうぜ。いつまで暑いとこにいるんだよ」

篤臣は、今度こそ江南の手を自分の肩から外し、家に入った。

「それもそやな」

江南も、そこは素直に同意して、あとに続く。

ほどよく冷えたリビングのソファーに腰を下ろすなり、篤臣はできるだけ早く打ち明けてこの話を終えたい一心で口を開いた。

「実は今日、楢崎が教室に訪ねてきて、ちょっと喋ったんだけど」

隣にどっかと座った江南は、楢崎の名を聞くなり顔色を変えた。

「あ? なんや、楢崎の野郎と揉《も》めたんか? それともまさか、口説《くど》かれでもしたんか?」

あまりにも「嫁バカ」な懸念に、篤臣はゲンナリして「ちげーよ」と首を振った。

「楢崎が俺を口説くとか、世界が終わってもないだろ。じゃなくて、お前のことだよ。楢崎が、気にしてた」

「あ？　いや、俺も楢崎に口説かれる気はあれへんで？」

「口説く話から、とりあえず離れろ！　じゃなくて、お前がその……だな」

さすがに楢崎の言葉をそのまま伝えるのはあまりにも自意識過剰な気がして、篤臣は思わず口ごもる。

江南は焦《じ》れた様子で、ソファーの座面を手のひらで軽く叩いた。

「なんやねんな。ハッキリ言うてくれ。俺がなんやて？」

「だから……その」

「正直に言えて。絶対、アホくさとかしょーもなとか、貶《けな》したりせえへんから」

「ホントだな。じゃあ言うけど」

「おう、言え言え」

篤臣は恥ずかしさをこらえて打ち明けた。

「楢崎がさ、お前が『嫁自慢』をしなくなったから、俺とお前に何かあったんじゃないかって心配してた」

「嫁自慢て」

「だから、お前、いつも俺のことをあれこれのろけるだろ！　あれだよ！」

榾崎の、ひいては篤臣の懸念がなんであるか理解した江南は、鳩《はと》が豆鉄砲を食ったような顔で、両目をパチパチさせた。

篤臣は羞恥を持て余しつつも、ヤケクソの勢いで畳みかける。

「勿論、俺的にはお前と何か揉めた記憶はないし、お前だって特にいつもと変わらないから、そんなの榾崎の思い過ごしってか、たまさかお前がそういう話をしたい気分じゃなかったんだろうってわかってる。わかってるんだけど、ちょっとだけ気になったっていうか、もしかして俺に何か落ち度があるのかとか、いやもうなんていうか」

篤臣がなおも弁解じみた言葉を吐き出そうとするのを、江南は実にフランクな一言で遮った。

「しょーもな！」

「おい！　それ、言わないって約束したばっかだろ！」

「そやかて、予想をはるかに超えてしょーもなかったんやから、しゃーない」

あまりにもざっくり貶され、篤臣は子供のような膨れっ面になりつつも、幾分安堵《あんど》して江南のむしろポカンとした顔を見た。

「じゃ……じゃあ、のろけ話をしなかったのは、やっぱ偶然なんだな？　わざとってわけじゃないんだよな？」

それは、単なる確認の意味合いで投げた問いだった。

ところが江南は、問われた途端になんとも形容しがたい微妙な顔をした。篤臣の胸に、再びざわっとした不安がこみ上げる。

「なんだよ、その顔。どうなんだよ？」

「……あー。まあ、そこは偶然」

「だよな？」

「いや。偶然やない、て言わんならん。楢崎の言うとおりや。あいつ、変なとこ鋭いなあ」

篤臣は、動揺を隠すことすら忘れ、上擦った声を出してしまった。

「じゃあやっぱし、のろけ話はやめることにした……ってこと？」

「まあ、そういうことや。お前かて、いちいち言うなて言うとったから、むしろ嬉しいやろ。そうと違うんか？」

今度は篤臣が複雑な面持ちになる番である。

「嬉しいっていうか……まあ、余計なことは言わなくていいと思う、よ？」

「ほな、ええやないか」

切り口上でそう言うと、江南は勢いよく立ち上がり、妙に明るい声で話題を変えた。

「アイス、買いに行こや」

「……えっ？」

呆気《あっけ》に取られる篤臣をよそに、江南は手のひらで自分の顔を扇ぎながら笑顔で言った。

「なんや、暑いとこに長いことおったから、部屋に入っても身体《からだ》がなかなか冷えんわ。たまにはよ帰ってゆっくりできとるんやし、久々にアイスでも食いたいと思うてな」

「う、うん、まあ、いいけど」

「気が進まんのやったら、俺ひとりで行くけど。お前の分も買《こ》うてきたるで？」

「いや、俺も行く。アイスなんて久しぶりだし、どんなのがあるのか、ちょっと見てみたい気もするから」

「そやろ。俺もや。ほな、行こや。すぐそこやし、わざわざ着替えんでええやろ」

「ん、まあ、いいか」

篤臣もしぶしぶ立ち上がった。

正直、アイスクリームなど特に食べたくはなかったが、この状態でひとりにされては、江南の謎めいた態度や、「のろけ話はやめた」という意外すぎる発言について、ひとりでグルグル考えてしまいそうだ。

（楢崎が言うみたいに、そんで、江南自身が言うみたいに、馬鹿みたいなのろけ話なんて、してくれないほうが俺の心は平和なんだ。そう、そのはずなんだ）

江南について玄関に行き、サンダルを突っかけながら、篤臣は心の中で独りごちた。

（別にのろけ話をやめたからって、江南が俺に対して冷めたとか、そんな感じはないんだし。相変わらずベタベタしてくるし、全然不安がることなんかない……よな？）

「よっしゃ、先出ろや。鍵《かぎ》は俺がかけるから」

「……ん」

促されて通路に出た篤臣は、エレベーターを呼ぶべく歩き出す。余計なことを考えたくなくて出かけることにしたのに、胸の中にはどうしようもなくモヤモヤした感情が渦巻き始めて止まらない。

（だけど……俺に対する気持ちが変わらないなら、どうしてのろけ話、やめることにしたんだろう。江南がマジで大人になったから？　急にそんなことってあるかな）

あんなに堂々と、楽しげに繰り出していたのろけ話をやめたからには、何か大きな心境の変化があったに違いない。

それはいったいなんなのか、もしや、自分への想いの変化が根本にあるのではないのか。

（俺のこと、自慢したくなくなったのかな。自慢できることが、なくなった……とか？）

エレベーターの扉の上にある階数表示を見上げつつも、篤臣の胸はどうしようもなくざわついていた。

「お、タイミングぴったしやな」

すぐ背後から聞こえた江南の声に、篤臣はビクッと身を震わせる。

彼の言葉どおり、目の前で灰色のエレベーターの扉が静かに開いた。幸い、先客はいない。

中に入ると、通路よりさらにムッと湿った熱気が全身を包んで気持ちが悪い。

一階のボタンと扉を閉めるボタンを押してから、江南は心配そうに篤臣を見た。

「大丈夫か？」

「なんでそんなこと訊くんだ？」

「いや、顔色があんましようない気ぃしたから。エレベーターの照明のせいやろか」

「そうだろ。ただ、この熱気で具合悪くなりそうだけど」

篤臣は努めてなんでもないふうを装い、あえて江南のほうを見ずに素っ気なく言い放った。

「気温差は身体に毒やな、確かに。やっぱし、俺がお前の分まで買うてきたほうがよかったかもしれん」

「んなことないって。お前だけ暑い思いをすることはないだろ。ほら、さっさと出ようぜ」

一階に到着したエレベーターの扉が再び開く。それを待ちかねたように、篤臣は外に飛び出した。

エレベーターの中よりはマシとはいえ、さほど涼しくはないマンションのエントランスを大股《おおまた》に抜け、歩道に出たところで、篤臣はつんのめるように歩みを止めた。

それは、決して意図した行動ではない。追いついた江南が、篤臣の二の腕を不意に掴《つか》んだからだ。

「なんだよ？」

軽く苛立《いらだ》って振り向いた篤臣は、ギョッとして文句を言い募ろうとしていた口を閉じた。

街灯の明かりに照らされた江南の顔が、驚くほど真剣だったからである。

「な……なんなんだよ？」

自然と、咎める声も、戸惑いがちになる。

すると江南は、篤臣の腕から離した手で、短めに整えた髪を掻き回した。

「あー、と。すまん、さっきので、お前に嫌な思いさしてしもたん違うかと思うてな」

「さっきのって？」

ドキッとしつつも、篤臣は空とぼける。

すると江南は、そんな篤臣の本心を見定めようとするように、グッと顔を近づけてきた。

「俺が、嫁自慢をやめた理由を、ちゃんと説明せんかったやろ。どないも決まりが悪うて、逃げてしもた。そやけど、別にしとうなくなったわけやないんやで？」

「そ、そうなのか？」

「あ、いや、違うな。しとうなくなったんや」

「どっちなんだよ!」

「そやから、しとうなくなったんや。嫁自慢は、もうやめにしようと思うた」

「なんで!」

「いや、なんで、って」

「別にしてほしいわけじゃねえけど! それにしたって今さらだろ! なんでいきなりやめようとか思ったんだ? 俺に褒めるとことか、自慢したいとことかがなくなったってことか?」

誰もいないのをいいことに、篤臣は思わず声のトーンを跳ね上げた。

安堵しかかったのも束《つか》の間、再び不安の深い沼に突き落とされて、怒らずにはいられなかったのである。

すると江南は、「ちょー待ってくれ。ちゃんと説明する」と両の手のひらを上下させて篤臣を宥《なだ》めようとしつつ、必死で言葉を探しながら仕切り直した。

「そやから、やな。俺が嫁自慢をしたいときのネタは、たいてい、俺と二人でおるときのお前の話やろ?」

「……そりゃまあ、そうだろうな」

篤臣は、しぶしぶ相づちを打つ。

すると江南は、熱を帯びた声でこう言った。

「っちゅうことはや。それは本来、宇宙でただひとり、俺だけが知っとるお前の姿やったり、言動やったりするわけやないか」

「間違いなく、そうだな」

「それに気づいたとき、思うたんや。俺しか知らん宝物を、わざわざ他の奴に分けたることはない、勿体ないやないかと」

「…………」

「俺だけが見聞きして知っとるお前の姿やら、俺とお前だけの思い出やらは、これからは俺が独り占めにしたほうがええん違うか。そう考えてやな」

「で、嫁自慢をやめてみたと」

「そや」

「これからもしないと」

「いや、それは」

「するのかよ⁉」

篤臣の呆《あき》れ顔に、江南は照れくさそうに頭を掻いた。

「いやあ、一週間やそこらやめてみたら、こう、口がムズムズして、辛抱たまらんようになってきてな。最初のうちは独り占めが楽しかったんやけど、やっぱしこう、宝物は見せびらかして自慢すんのも楽しみのうちやなあ、とか」

「…………」

道端で立ち止まったまま、篤臣は両手をだらりと垂らし、江南の顔をジッと睨《ね》めつける。

江南はなんとも情けない顔で、猫背気味に篤臣の顔を見た。

「そやしこう、今後はほどほどナイショにして、ほどほど喋る感じでどやろかと」

「…………」

「おい、怖い顔で黙っとらんと、何か言えや」

すると篤臣は、すうっと息を吸い込み、珍しく関西弁で言い放った。

「しょーもな！」

言うまでもなく、さっきの意趣返しである。

江南は一瞬呆気に取られた後、たちまち笑み崩れた。

「せやな、しょーもないな」

「ほんとに、ほん……っとに、しょーもない！　なんだよ、心配して損した」

そんな篤臣のリアクションに、江南の笑みはますます深くなる。

「心配したんか？　俺がお前の自慢話をせんのは、なんだかだ言うて、やっぱし不安なんか？」

「そんなんじゃ！」

「ないこともあれへんのやろ。大丈夫や、心配せんでええ。お前は一生、俺の自慢の、最高の嫁やで！」

「んなこと、天下の往来で宣言してんじゃねえよ、馬鹿！」

家でやれ、家で、と今にも地団駄を踏みそうな勢いでそう言うと、篤臣は物凄《ものすご》い勢いで駅前のコンビニエンスストアに向かって歩き出した。夜の暗がりでもわかるほど、耳まで赤くなっている。

江南はそんな篤臣に楽々と追いつくと、やはりとろけそうな笑顔のままで、憤然と前を向いて歩き続ける篤臣の耳元で囁《ささや》いた。

「ほな、はよアイス買うて帰ろうや。そやけど、いったんアイスは冷凍庫にぶち込んで、お前のええとこやら可愛いとこやら男前なとこやらを語りつつ、一戦に及ぶとしようやないか」

篤臣は今度はみずから立ち止まると、子供のような膨れっ面で、「望むところだ！」と叫ぶように言い放った。

そして、周囲に通行人がいないことを素速く確認するなり、江南のTシャツの胸ぐらをグイと摑み、「これは自慢するの禁止な」と言うが早いか、何か言葉を発しようとした江南の唇に、電光石火のキスをした……。

三　秋の話

子供の頃から篤臣《あつおみ》には、起きようと思った時間にアラームなしで起きられる、ちょっとした特技がある。

特技といっても、失敗する可能性もそれなりにあるので、あまり大っぴらには言えない。しかし、ベッドに入ってから、「あと何時間で目を覚まそう」と自分自身に言い聞かせて目を閉じると、けっこうそのとおりに脳が覚醒《かくせい》してくれるのだ。

それとは別に、今では、パートナーである江南が起きなくてはならない時刻まで脳内にインプットされ、当人がぐうぐう寝ているというのに、篤臣のほうがパチリと起きてしまうことがある。

今朝《けさ》がそうだ。

（あー……六時二分前。こいつが昨日、『六時に起きなアカン』って言ってたっけな。く

そ、うっかり俺が律儀に起きちゃったじゃねえか）

自分の「特技」を恨めしく思いつつ、篤臣はむっくり身を起こし、隣で無邪気な寝息を立てている江南《えなみ》の剝《む》き出しの肩をぞんざいに揺さぶった。

「おい、起きろ」

ぐぬう、という呻《うめ》き声を上げただけで、江南は目を開けようとしない。

これが医局の仮眠室なら、着信音が鳴った瞬間に跳ね起きて受話器を摑《つか》み、ほぼ同時にサンダルに足を突っ込んでいるというのだから、にわかには信じがたい篤臣である。

「おいって。術前カンファレンスあるんだろ？」

「……ある」

頑固に目を閉じたまま、それでも仕事の話を持ち出されると、江南はややしっかりした声で返事をする。

「じゃあとっとと起きろ。カンファ中に腹が鳴ったりしないように、しっかり朝飯食ってから行け。お前が顔洗ってる間に、なんか用意するから」

ぐううう。

返事の代わりに、江南の腹時計が正直な音を立てる。

そこでやっと目を開けた江南は、それでも「ええて、お前は寝とれや」と寝起きの掠《かす》れ声で言った。

自分の隣だと、江南がとことん無防備に眠り込むこと、そして目覚めて真っ先に自分を気遣ってくれること。どちらも篤臣にとっては、くすぐったく、嬉《うれ》しい。

だからこそ、篤臣の声音は自然と明るくなってしまう。

「もう起きちゃったから、俺はいいんだよ。いいから早くしろって」

「お……おう」

ピピッ、ピピッ。

就寝前に仕掛けておいたスマートホンのアラームが、午前六時を賑《にぎ》やかに告げる。それを黙らせながら、江南は、颯爽《さっそう》と寝室を出ていくパジャマ姿の篤臣を見送り、「えらい元気やな」と呟《つぶや》きながら布団《ふとん》をはねのけた。

「お、いいタイミング」

身支度を済ませた江南がダイニングに行くと、篤臣はちょうど、テーブルの上にトレイを置いたところだった。

「手早いな、お前は」

感心しつつ、江南はトレイの上に置かれた食器をテーブルに移す。

カフェオレボウルにたっぷり入っているのは、あつあつの雑炊だった。

共にテーブルについてから、篤臣は急須《きゅうす》のほうじ茶を二つの湯呑《ゆの》みに注ぎ分ける。

「手早いったって、昨夜の残り飯を鍋《なべ》に入れて、水と出汁《だし》パックを入れりゃ、基本的に勝手に煮えてくれるもんだからさ」

「言うたかて、味はつけなあかんやろ。卵と葱《ねぎ》も」

「味は酒ちょっぴりと薄口醤油《しょうゆ》だけ、葱は刻んで冷凍してあるやつをぶち込むだけ、卵は割ってとくだけ。全然大したことはないだろ」

篤臣は笑ってそう言ったが、江南は真顔でかぶりを振る。

「そういう段取りを自然にできるとこが凄《すご》いんや。ほな、ありがたくいただきます」

「いただきます」

二人はほぼ同時にれんげを取り、やや水分多めに仕上げた雑炊を一口掬って、ふうふう吹き冷ました。

そういうさりげない日常動作のテンポが、いつの間にかほぼ同じになっている。

まったく育ちも性格も違う二人が共に暮らして人生を分かち合うとは、そういうことなのだろう。

しみじみとそんなことを考えながら、篤臣は雑炊の最初の一口を味わった。

今朝は少し肌寒いので、身体《からだ》を中から温める朝食がよかろうと雑炊を作ったのだが、まだ少し早かったかもしれない。

（たった一口で、けっこう身体が温かくなってきた。これ、全部食ったら暑くなっちゃう

かもな）

江南も同じことを考えたのだろう、おかしそうにこう言った。

「上着、忘れんようにせんとあかんな。これ食うたら、全身中からぽっかぽかになって、シャツのままで飛び出してしまいそうや」

「マジでそれだよ。たぶんカーディガンくらいでいいだろうけど、絶対忘れんなよ。天気予報によれば、今夜はちょっと冷え込むらしいから」

「ホンマか。気ぃつけよ。はー、それにしても、朝に家におるんて、しみじみええもんやな。こうしてお前が用意してくれた朝飯食えて、ちょこっと喋《しゃべ》れて」

旨《うま》そうに雑炊を食べ、時々箸休《はしやす》めのべったら漬けをつまみながら、江南は幸せそうに言った。篤臣も、笑顔で同意する。

「働き方改革様々だな。俺も、お前が帰ってくる日がちゃんとわかるようになって、晩飯の予定を考えるのが楽になったよ」

そんな篤臣の実感のこもった言葉に、江南はれんげを持ったまま、両の手のひらを合わせた。

「そこはほんまにすまんかった。延々帰ってこんかったり、唐突に帰ってきたり、ずっと迷惑かけ通しやったな」

「そんなことないよとは、とても言えねえわ。けどまあ、どうしてもイレギュラーに病院に泊まり込みたいときは、正直に言ってくれよ。お前が仕事で妥協するとは思わないけど、万が一するとして、その理由が俺ってのは絶対にイヤだから」

「……おう」

口ぶりはぶっきらぼうでも、篤臣の言葉には、江南への深い想《おも》いが漲《みなぎ》っている。江南は目尻《めじり》にクシャッと皺《しわ》を寄せて笑い、深く頷《うなず》いた。

「それはそうと、篤臣」

「あ?」

「晩飯、リクエストしてええか?」

べったら漬けをぽりぽりといい音をして咀嚼《そしやく》しつつ、篤臣は頷く。

「いいよ。はなから今日、仕事帰りに買い物行くつもりだったし。何か食いたいもんがあるのか?」

江南は頷き、張りきって答えた。

「芋《いも》のコロッケ!」

「めんどくさ!」

まさに「秒で返す」趣、しかも感情のこもった返事に、江南はしゅんとうなだれた。

「そやろな……。いや、お前のポテトコロッケ旨いから、たまにハチャメチャに食いとうなるんやけど、手ぇかかるわな、芋潰《つぶ》したり丸めたり」

篤臣は苦笑いで肩を竦《すく》める。

「めんどくさいのはそんなとこじゃなくて、重い芋を買ってくるとこから始まるんだけどな」

「ああ、そうか。……やっぱしあかんな。いや、お前の作るもんやったらなんでも旨い。コロッケやのうてもええわ」

「ばーか。もう聞いちゃったし、そんなに褒められたら作らないわけにいかないだろ」

「そやけど」

篤臣は、べったら漬けの最後の一切れを江南のカフェオレボウルに放り込むと、力強く宣言した。

「俺まですっかりコロッケの口だよ。肉屋のやつも旨いけど、今夜は俺が作ったフツーのポテコロが食いたい。よし、作るぞ」

「ホンマか!」

江南は子供のように目を輝かせる。篤臣もなんだか浮かれた気分で頷いた。

「おう。いいか、くれぐれも予定変更は午後五時までに頼むぞ。コロッケを作っちまったあとで晩飯をキャンセルされたら、さすがにガッカリどころの騒ぎじゃねえからな」

「よっしゃ。今日のオペはいつも以上に根性入れる。絶対、晩飯は家で食うで」

力強くそう言って、江南はごつい拳《こぶし》を篤臣のほうにぐっと突き出す。

「朝からなんだろうな、このテンション」

コロッケ一つでいい大人ふたりがこんなに盛り上がってしまうのがおかしくて、しかしそういう他愛《たわい》ないひとときがたまらなく愛《いと》おしくて、篤臣もまた、悔しいことにやや小さな自分の拳を、江南のそれにごつんとぶつけた……。


その日、篤臣の周囲で奇妙なテンションになったのは、江南だけではなかった。

「芸術の秋だな！」

そんな言葉と共に実験室の扉を開けた楢崎《ならさき》を、篤臣と中森美卯《なかもりみう》は冷ややかな……いや、どちらかといえば、羽音のうるさい虫を見るような目で迎えた。

むろん、無言だ。

そんな寒々しい空気を気にも留めず、今日もダブルの白衣をパリッと着こなし、首元に聴診器を引っかけるという出で立ちの楢崎は、勝手知ったる人の家とばかりに入ってきて、窓際のスツールに腰を下ろした。

かつて、楢崎が毎日のように法医学教室に通ってきて、美卯にあれこれ教わり、篤臣に盛大に手伝わせながら学位論文用の実験をしていた頃、そこはいつも彼の定位置だった。

無事に学位を取得したあとも、変なところで律儀な楢崎は、消化器内科医としての仕事の合間にちょくちょくやってきて、たとえスローペースであっても研究を続けている。

当然、その席はずっと自分のもの、という認識なのだろう。

幸か不幸か、実験室を使うのはほぼ美卯と篤臣だけなので、余っているスツール一つを楢崎のためにリザーブしておくくらいはわけもない。ただ、主《あるじ》が来ない日のスツールは、もっぱら篤臣たちの便利なサブテーブルとして機能していることは、楢崎には内緒である。

「芸術の秋だな?」

篤臣たちが何も言わないので、楢崎は再度、今度は確認するように微妙に語尾を上げ、同じ台詞《せりふ》を繰り返した。

やはり黙りこくって作業を続けつつ、何か言いなさいよと美卯が視線だけで促してきたので、篤臣はやむなくプレパラートをセットした光学顕微鏡の電源を切り、スツールごと楢崎のほうを向いた。

「少なくとも、俺と美卯さんはあんまり『芸術の秋』じゃないと思うけど」

「そうなのか?」

楢崎は、いかにも意外そうに眉《まゆ》を上げ、長い脚をこれ見よがしに組んだ。

「永福《えいふく》はともかく、中森《なかもり》先生も?」

水を向けられた美卯は、ピペットマンを手から離さず、愛想のない口調で答えた。

「私は、仕事の秋、食欲の秋、睡魔の秋ね。芸術の秋になんて、高三の秋を最後に長らく出会ってない。すでに絶滅したんじゃないかしら」

その返答に、篤臣と楢崎は思わず顔を見合わせた。言葉を発したのは篤臣のほうだ。

「じゃあ美卯さん、高校三年までは『芸術の秋』してたんですか?」

二人揃《そろ》って楢崎の話にうっかり乗ってしまったことを悔やむ渋い表情で、美卯はピペットマンを机に置き、試薬を入れたばかりのチューブに赤い樹脂製の蓋をそっと載せた。

「だって、中高時代って、秋の遠足があったじゃない?」

篤臣と楢崎の口から、同時に「あー」と声が出た。

「遠足の企画担当だった書道の先生の趣味で、行き先はいつもお寺とか神社とか美術館、博物館ばっかりだったのよ。いわば、強制的な『芸術の秋ツアー』よね。もっと他《ほか》の学校の子たちみたいにテーマパークとかに行きたくて、遠足はいつも鬱《うつ》だったわ」

楢崎は感慨深げに腕組みして頷く。

「なるほど、当時はつまらなかったものの、今思えば素晴らしいラインナップだったというやつですか」

それには美卯も素直に同意する。

「そうね。今思えば、ずいぶん贅沢《ぜいたく》な遠足だったわ。未だに寺社仏閣にはさほど興味がないし、写経も座禅もノーサンキューだけど」

「同感です」

楢崎が大真面目に相づちを打つのがおかしくて、美卯は笑顔になってこう続けた。

「子供のうちに、博物館や美術館のよさを教えてもらったっていうか、通い癖をつけられたのはよかったかも。お昼ごはんも、お寺で精進料理を食べさせてもらったりしたのよ。当時は辛気くさくて嫌だったけど、今となっちゃ、一周回ってお洒落《しゃれ》よね」

お洒落という言葉を発したときの美卯の嫌そうな口ぶりに、篤臣は思わず噴き出してしまった。

「どんだけ流行に乗るのが嫌なんですか」

「嫌じゃないけど、そもそも私、ベジタリアン料理に興味ないもの。それに、なんていうかこう、ああいう食事は非日常感があるだけに、意外と映えるじゃない？　SNSに載せるために食事をするタイプじゃないってだけよ」

「俺は、SNSで食べ物の写真見るの、けっこう好きだけどなあ。これ食いたいなーとか旨そうとか思いますよ」

「ホントに？　永福君、意外とそういうとこ女子力高いわよね」

「性別問わず、旨いもんが好きな人間は多いでしょ。俺自身は、SNSなんて面倒くさくてやってませんけど」

「私も。見るだけ」

「同じです。楢崎は？　ああいや、訊《き》いた俺が馬鹿だった。お前はきっとガンガン投稿するほうだろ」

篤臣が早くもゲンナリしつつそう言うと、楢崎は指先でスッと眼鏡《めがね》を押し上げ、澄ました顔で答えた。

「まあ、ときには。店の人が努力して見栄えよく作り上げた料理を、自分ひとりで楽しむのはあまりに惜しいと感じたとき、不特定多数の人たちにシェアする。そう悪いことじゃないだろう」

それには美卯も、真顔で同意する。

「そう言われれば、確かにそうね。お店の人も、そういう気持ちでシェアされるなら嬉しいでしょ。それで？　楢崎君の『芸術の秋』はなんなの？」

美卯が話題を戻すと、楢崎は待ってましたと言わんばかりに、パリッとした白衣の襟元を整え、背筋を伸ばした。

「医術というものは、知識と技術、そしてアートの融合ではないかと思うんですよ」

また、あまりにも楢崎らしい気取ったことを言い始めた……と言葉には出さなかったものの、篤臣と美卯は、同じ感情が漲った視線を交わす。

だがそんな篤臣たちに構わず、楢崎は話を続けた。

「知識と技術については学生時代から努力を重ねてきたものの、アートがどうにも自分には不足している。それに気づいたので、『芸術の秋』をきっかけに、この身にアートを宿そうと思いまして」

「アートを宿す」

アロエエキスを口いっぱいに含んだような表情とモゴモゴした口調で、美卯は復唱した。

「そのとおり」

楢崎は、真面目《まじめ》くさった顔つきで頷く。

「で、何を宿したわけ？」

「まだ始めたばかりですがね」

そう言うと楢崎は、いきなり赤ん坊を抱くような仕草をした。

美卯は不気味そうに目を細める。

「……何？　アートを宿すって、最近では『父親になる』の婉曲表現なの？　寿な感じ？」

するると楢崎は、いかにも心外そうに言い返した。

「何故、そうなるんです」

「だって赤ん坊をあやすアクションじゃないの、それ」

「違いますよ。いや、無論、育児も人間を創るアートの一つだろうとは思いますが、これはそうではなくて……ウクレレです」

楢崎の口から放たれるのはあまりにも陽気で開放的な楽器名に不意打ちされ、篤臣と美卯は容赦なく大受けした。

する。

「そんなに笑わなくても」

声を立てて笑う篤臣と、机を手のひらでバシバシ叩《たた》く美卯に、楢崎はムッとして腕組みする。

まだ笑いの発作を抑えられないまま、美卯は目尻に滲《にじ》んだ涙を指先で拭《ぬぐ》いながら言った。

「ゴメン。だけど、楢崎君がウクレレって！　ちょっと似合わなすぎて想像するだけで三日くらい朗らかに過ごせそうよ」

篤臣も、どうにか笑いを嚙《か》み殺そうと努力しつつ言葉を添える。

「俺も。つか、なんでウクレレ？　弦楽器なら他《ほか》にも色々あるだろ。お前ならこう、チェロとかバイオリンとかギターとか、その手のやつが嫌味なくらい似合いそうなのに」

「嫌味は余計だ。まあ、おおむね褒め言葉と受け取っておくが」

まだ憤然とした面持ちながらも、楢崎はゴホンと咳払《せきばら》いしてこう続けた。

「とにかく、何か楽器をやってみたかったんだ。無論、ピアノもチェロもバイオリンもギターも魅力的だが、考えてもみろ。嵩張《かさば》ったり高価だったりして、挫折したときのダメージが大きすぎるだろう」

「始めるときから挫折する可能性を考えたのかよ、お前」

呆《あき》れる篤臣に、楢崎はさも当然といった様子でふんぞり返る。

「当然だろう。大人の習い事は、仕事の合間に時間を作ってやらねばならん。楽しめなけ

れば続きはしない」

「ああ……まあ、言われてみりゃそうだな。それで、安くて嵩張らなくて、挫折して処分することになっても比較的軽傷で済むウクレレを選択したわけか。なるほどお前らしく、論理的で合理的だ」

「そうとも。レッスンに持参するのも簡単だし、帰りに他の用事をするにも、さほど邪魔にならん」

「ますます合理的だ。で、いつからやってんだ？」

「先月だ。月に三回、三十分程度の個人レッスンを受けることにした。まだ二回しかやっていないが、もう簡単な曲なら弾けるようになったぞ」

「簡単な曲って何？」

美卯の質問に、楢崎は再びウクレレを弾くアクションをしながら答えた。

「それはもう定番の『アロハオエ』ですよ」

「ブフッ……ご、ごめん、たびたび。でも、楢崎君の口から『アロハ』って言葉が出ると、なんていうかこう……こう……」

「いちいち笑わないでください。俺とハワイがそんなに合いませんか」

「合わないわよ……いや、ハワイは合うか。セレブのリゾートって感じだもんね。だけど、白衣姿の楢崎君が、クビにレイをかけてウクレレで『アロハオエ』を弾いてるところを想像すると、こみ上げてくるものが」

「流石にウクレレを弾くときに白衣は着ないでしょう。おい、お前も笑ってるんじゃない、永福。声を出さなければいいというものではないぞ」

「いやだって無理だろ。お前の『アロハオエ』弾き語りとかちょっともう無理」

「誰《だれ》が弾き語りをすると言った！　俺はただ演奏を習っているだけだ！」

「どうせなら歌えよ。百人が百人ウケる鉄板ネタになるぞ」

「そんなネタは求めていない！　まったく、法医学教室には失礼な輩しかいないのか。ここで芸術の秋の話が不毛なことだけはわかった」

憤慨する楢崎に、美卯は両手を合わせてまだ笑顔のまま詫《わ》びた。

「ゴメンゴメン。大人の手習いを馬鹿にするようなことは言っちゃ駄目よね。ウクレレ、挫折せずにバリバリに弾けるようになったら聞かせてよ。っていうか、まさかわざわざ芸術の秋を語りに来たわけじゃないでしょ？　本来の用事は何？」

まだ軽く憤りを残した顔で、それでも楢崎も「そうでした」といつものスマートさを取り戻して背筋を伸ばした。

「実は、解析したいサンプルがある程度貯まったので、地方会で途中報告として発表したいと考えているんですが……」

美卯も仕事の顔に戻って相づちを打つ。

た。

「楢崎君の研究、持続的な調査がものを言うから、それは凄くいいと思う。それで?」
　すると楢崎は、今度は美卯と篤臣の顔を交互に見て、やけにしおらしい口調でこう言った。

「ところが、地方会まであまり日がないというのに、こんなときに限って出張講義やら当直やらが詰まっておりまして」

「あらら、ご多忙。ということは、つまり」
　美卯は篤臣に視線を向け、篤臣は自分を指さしてみせた。

「つまり、俺に代わりにやっとけと」

「やっておけなどと高圧的なことを言うつもりはないが、同級生のよしみ、そして命の恩人のたっての頼みということで、快く受けてもらえるとありがたい」

「……それを持ち出されると全面的に弱いじゃねえかよ、俺は!」
　かつて、虫垂炎で絶体絶命のピンチに陥った篤臣を、白馬の王子様よろしく駆けつけ、江南の待つK医大まで自家用車で搬送したのが、他ならぬ楢崎なのである。
　そのときの恩義をかたときも忘れたことがない篤臣なので、悔しそうにしながらも、その顔は笑ってしまっている。

「いいよ、命より重い借りはないからな。こっちも地方会の準備であれこれ実験室での作業があるから、ついでにやっとく。なるはや?」

「そうだな。まあ、再来週の頭くらいまでにデータがあるとありがたい」

「なんだ、意外と余裕あるんじゃん。いいよ、もうしっかりしたプロトコールはできてるんだし、あとは流れ作業だからな。で、サンプルはいくつくらい？」

するとした楢崎は、涼しい顔で即答した。

「五百ほど」

「多いな、おい！　後出しかよ」

「それが大人の駆け引きというものだ。かかった試薬代は、当然払う。領収書を貰っておいてくれ」

篤臣は苦笑いで頷いた。

「ガキで悪かったな。まあいいや。サンプル、いつ持ってくる？」

「明日の午前に当座のサンプルが揃うから、昼休みに届ける。そのときに、豪勢な昼飯くらいは奢《おご》らせてもらおう。中森先生にも、日頃の感謝を込めて、よろしければご一緒に」

それを聞くなり、美卯は満面の笑みを浮かべた。

「やった！　じゃあ、明日は、朝イチで解剖が入ったとしても、意地でも昼休みは確保する！　ね、永福君」

「まずは入らないように祈りましょうよ」

「駄目よ、祈っちゃったら入るのが司法解剖でしょうに」

「それもそうか。じゃあ、さりげなく昼休み確保の決意だけ」

「そう、あくまでもさりげなく」

そんな師弟の会話を面白そうに聞いていた楢崎は、ふと、篤臣の横にある顕微鏡に気づき、そちらを指さした。

「で、なんの組織を熱心に見ていたんだ？」

今度は、篤臣が目を輝かせる番である。

「あっ、もしかして今、ちょっとだけ時間あるか？　少し見て貰ってもいいかな。たぶんお前の専門だから」

「消化器か」

「うん。大腸なんだけどさ、解剖時、粘膜面にけっこう強い炎症が見られてて」

「ほう？」

消化器内科の専門医である楢崎にとっては、お馴染《なじ》みの病変である。興味をそそられた様子で、手振りで話の続きを促す。

「まあ、死因には直接的な関係はないんだけど、やっぱ気になるだろ」

「ふむ。気になるならハッキリさせるべきだな。どれ、見せてみろ」

「あ、ちょい待ち。二人で見られる顕微鏡、セミナー室から取ってくる！」

貴重な勉強のチャンスを逃すまいと、篤臣は子供のように勢いよく実験室を飛び出していく。

その背中を見送り、美卯は悪戯っぽい笑顔で楢崎の二の腕を小突いた。

「命の恩人なんて大袈裟《おおげさ》な言葉を持ち出しておいて、結果的にはギブアンドテイク、もといWin-Winに落とし込んであげる楢崎君は、なんだかんだ言って優しいわね」

「さて、なんのことやら」

美卯の指摘に、楢崎は実に古典的なとぼけ方をした。そして、「明日は何をご馳走しましょうかね」と、店を検索すべくスマートホンを取り出した……。


「……ってなわけで、楢崎に染色標本を見てもらったんだよ」

夕食の席で、篤臣から昼間の顚末《てんまつ》を聞いた江南は、不満げに口を尖《とが》らせた。

「ほんで、どないやったんや？　っちゅうか、俺かて消化器は専門やで？」

「んなことはわかってるよ。けど、お前が死ぬほど忙しいってわかってるのに、『ちょっと標本見てほしいから来いよ』なんて呼びつけられるわけがないだろ？」

「呼びつけてもええのに。他ならん嫁の頼みやったら……」

「オペ放り出してくるってか？　無理だろ。そんなとこ、張り合わなくていいんだよ。それに、内科っぽい結果だったしな」

苦笑いでそう言った篤臣に、江南は「そうなんか？」と顔を引き締める。やはり医療の話になると、自宅でも外科医に戻ってしまうらしい。

「楢崎の見立てでは、薬剤性の大腸炎じゃないかって。内科医の直感らしいけど、『抗生物質や鎮痛薬を死亡前に服用していなかったか？』って訊かれてチェックしてみたら、死亡三日前から抗生物質を飲み始めてた」

「ほーん。そら内科案件やな」

「だろ？　まあ、立証するには便培養が必要だけど、死因にはまったく関係ないって断言されたし、そこまではしなくていいかなと。でも、組織を見ただけでピンとくるように、センスを身につけなきゃだな」

江南は真顔で頷いた。

「そら、数こなすより他はあれへんで？」

篤臣も真摯《しんし》な表情で同意する。

「だよな。だから今度、楢崎に色んな大腸炎のプレパラートを借りることにした。言葉だけじゃ説明しきれない鑑別ポイントが、やっぱり医者それぞれにあるみたいだからさ」

「……俺かて貸せるで？」

「だーかーらー、そこは張り合うなっつの。あいつのサンプルを解析してやるお返しだってさ」

「なるほど。相変わらずいらんとこで律儀なやっちゃ」

「今回はいるとこ！　まったく、あいつ、今頃くしゃみばっかり出てるんじゃないかな」

「おんなじマンションにおるからな。噂《うわさ》のパワーも直で届きそうや」

軽口を叩いてようやくリラックスした顔つきに戻った江南は、揚げたてのコロッケにウスターソースをたらりとかけ、箸で半分にちぎって頬張《ほおば》った。予想以上に熱かったのか、はふはふと湯気を逃がしながら咀嚼して、飲み込んでから篤臣に礼を言う。

「ほんまにコロッケにしてくれて、ありがとうさん。昼間からずっと楽しみやっててん」

「期待に応《こた》えられてよかったよ。つか、やっぱ家で作るとシンプルに旨いな」

「最高や」

シンプルだがこの上ない賛辞を貰い、篤臣は照れ気味の笑顔になった。

江南は、二口くらいのサイズにまとめられた俵型のコロッケを眺め、しみじみと言った。

「実家で食うてたコロッケは、すぐ近所の肉屋で買うてくる平べったいコロッケやったわ。小判みたいな」

「へえ。ああそうか、お前んち、ちゃんこ屋さんでご両親共に大忙しだったもんな。わざわざ家族用のコロッケを仕込んでる場合じゃないか」

「唐揚げやったら、お客さん用のメニューにあるから、横流しされとったけどな」

江南はおかしそうにそう言っていったん箸を置き、両手で「肉屋のコロッケ」のサイズを篤臣に示しながら、思い出話を続けた。

「ひとり二個ずつの勘定やねんけど、一個分多く金を持たせてもらえんねん」

「あ、もしかして買い物のお駄賃?」

「せや。お駄賃っちゅうか、余分の一個を店の前で食うてええ権利やな」

肉屋を出るなりコロッケをやんちゃにぱくつく江南少年の姿が、あまりにも容易に想像できたのだろう。篤臣はクスクス笑った。

「目に浮かぶよ。そりゃ、肉屋で揚げたて状態のコロッケを食うほど、幸せなことはないよな」

「おう、その一個が楽しみで、コロッケ買いに行かされるんだけは好きやったな。あのコロッケが世界でいちばん旨いと思うとったけど、今は、お前が作るコロッケが宇宙で一番旨い」

「大袈裟だよ」

「そんなことあれへん。っちゅうか、これ、芋にタマネギと肉と……他に何が入ってるんや?」

首を捻《ひね》る江南に、篤臣はアッサリ答えた。

「そんだけだよ?」

江南は驚いたように切れ長の目をパチパチさせる。

「嘘《うそ》やろ。それでこないにトロンと柔らこうなって、甘みも出るんか? 砂糖が入っとるとか？」

篤臣は笑いながらその疑いを否定した。

「ただでさえカロリーの高い揚げ物に、この俺が砂糖をぶち込むわけがないだろ。甘さはタマネギ由来だよ。レンジにちょっとかけてからフライパンで炒めると、いい感じに甘く仕上がるんだ」

「はあ、タマネギだけでこうか」

「そ。あと、ジャガイモはキタアカリで作ると、水分多めで煮崩れやすいから、こういう柔らかい食感になる。まとめるの、フリーザーでちょっと冷やしてからじゃないと難しくなるけど、やっぱ旨いよな」

「滅茶苦茶旨い。最初、クリームコロッケかと思うた」

「そりゃ言いすぎ。あとは……そうだなあ。挽き肉を使うんじゃなくて、牛切り落としを買ってきて、包丁で細かく刻んで使うのがコツかな」

なんでもないことのように説明する篤臣を、江南はもはや尊敬の眼差《まなざ》しで見た。

「コロッケ一つで、そないに工夫しとるんやな。ありがたい！」

本当に両手を合わせて拝まれ、篤臣は照れ笑いで片手を振った。

「俺だって、旨いもんを食いたいからな。そりゃ工夫するさ。つか、俺は、偏食だけど言えば食おうと努力してくれる大人向けの工夫で済むけど、子供相手の親はもっと大変だろうな。ＳＮＳでレシピを拾おうと検索したら、子供の好き嫌い対策アイデア、山ほど出てくるもん。ちょいちょい参考にさせてもらってる」

「俺向けに？」

「そ、野菜全般があんまり好きじゃないお前向けに。実際、いくつかのアイデアは効果ありだった。ネットの集合知、そういうところは悪くねえな」

「俺の偏食は、子供並みか！　そやけどまあ、野菜が『まあ食える』から時々『旨い』になったんは、お前のおかげやもんな。健康にしてくれて、ありがとうさん」

「どういたしまして！　共白髪って目標を達成するためには、まずは身体によくて旨い飯からだろ。俺自身のためにもなってるよ。つか、コロッケ、俺はもういいけど、お前、もう一つくらい食える？」

江南は空っぽになりつつある皿と茶碗を見下ろし、数秒考えてかぶりを振った。

「食いたいんはやまやまやけど、俺には明日に向けての野望があるからなあ」

途端に、篤臣は得意満面になって胸を張る。

「それを予測できない俺だと思うなよ」

「おっ？」

篤臣はキッチンへ立つと、油切りバットを手に戻ってきた。そこには、コロッケがまだ五つも載っている。しかも、一つだけが俵型で、あとは平べったい小判型に整えられている。

「じゃーん。一つはお前の今夜のお代わり用。あとの四つは、俺たちが明日、弁当に持っていくコロッケサンド用」

「やっぱりお前は最高の嫁や。俺の野望までお見通しか！　ほな、お言葉に甘えてもう一ついただきます」

「お前の野望は、だいたい素晴らしくわかりやすいからな。さ、どうぞ」

江南が両手で差し出してきた皿にコロッケを一つ載せてやり、油切りバットをキッチンに戻して、篤臣はニッと笑った。

「明日の朝は、八枚切りの食パンをトーストして、一枚にはバター、二枚目にはマスタードとトンカツソースを塗って、そこに千切りキャベツとウスターソースにドボンしたコロッケを二個挟む。どうだ！」

「完璧や。明日は、オペの間の昼休みが楽しみやな。十秒で食える」

「ばーか。勿体ないから五分はかけろ。外科医が忙しいのは知ってるけど、飯はよく嚙んで食え、胃腸を労れ」

「うーす」

医師、しかも消化器外科の専門医が「胃腸を労れ」と叱《しか》られているのだと思うと滑稽だが、篤臣は本気で心配しているし、実際、江南は病院では激務の合間に食事をするので、元同僚の大西《おおにし》曰く「バキュームカーみたいに吸い込んでる」のだそうだ。

現場の多忙さを知っている篤臣としては、食事を忘れないだけでも褒めてやりたいところだが、せめて自宅では、ゆっくり味わって、食べることを楽しんでほしいと願わずにはいられない。

だからこそ、篤臣は「デザート食う？」と訊《たず》ねてみた。

お代わりしたコロッケを、ごはんの残りと同時にフィニッシュできるよう、妙なところで計算して食べていた江南は、悪戯《いたずら》っぽい目で篤臣に問いかける。

「そのデザートっちゅうんがお前のことやったら、一も二もなくまるっと食うで」

「あ？　ばっかやろう、俺はデザートじゃねえよ」

「そらそやな。お前は立派なメインディッシュやもんな」

「そういう話をしてるんじゃない。真面目に答えろよ。デザート食うのか食わないのか」

キリリと眦《まなじり》を吊《つ》り上げる、妙なところで意外と短気な「嫁」に、「俺は真面目やねんけどなあ」と控えめに言い返した江南は、それに対する反撃が飛んでくる前に質問を追加した。

「ほんで、デザートて具体的になんなんや？」

その作戦は、抜群に上手くいったらしい。何か文句を言おうとした篤臣は、いったん口を噤《つぐ》み、そして素直に答えた。

「揚げ物のあとに、スイーツや激甘なフルーツはやりすぎだからな。梨ならいいんじゃないかと思ってさ。今日、城《じょう》北《ほく》先生からお裾分けをいただいたんだ」

「おっ、城北先生からいうたら、だいぶええ梨違うか？」

「わかんないけど。先生、果物には無頓着だから、『家内が、なんとかという種類の梨だと言っていたよ』って」

いつもは冷静沈着、頭脳明晰な城北の発言とは思えない篤臣の口真似《まね》に、江南は盛大に噴き出した。

「おいおい、それはホンマに城北先生の言いはったことか？　ゆるふわどころの騒ぎやないな。なんの情報も提供されとらんやないか」

「人間、専門外のことはけっこうダメダメだっていういい見本だよな。ワイドショーのコメンテーターが、的外れなコメントばっかり繰り出すはずだよ。専門外のことばっかしだもんな」

誰に対しても心優しい篤臣だが、殺人事件にまでゴシップ要素を求めるワイドショーには法医学者として腹に据えかねるものがあるらしく、常にいささか手厳しい。

「食う？」

「おう、俺が剝こか？」

「頼もうと思ってたんだ」

「よっしゃ」

篤臣は身軽に席を立つと、冷蔵庫から冷えた梨を取り出し、ざっと洗った。特に篤臣が何も言わなくても、入れ替わりに江南が手を洗いに来る。

タオルで手を拭《ふ》きながら江南が戻ってくる頃には、彼の席から食器は綺麗《きれい》に回収され、小さなまな板とペティナイフ、そして梨一つがセットされていた。

「では、よろしくお願いします先生」

「ほな、始めよか」

篤臣のからかいに、ドラマよろしく両手の甲を前に向ける外科医のポーズで応え、江南は梨を剝き始めた。

最初にくるくると皮を剝く方式ではなく、食べるサイズにカットして芯《しん》の部分を切り取ってから、最後に皮を剝く方法を江南は好む。迷いも無駄もなく、しかも手早い。

いちばん最初にチャレンジしたときこそ酷《ひど》い有様だったが、回数を重ねるごとに要領を摑んで上達し、今では篤臣より上手なほどだ。

差し向かいの席で頰杖《ほおづえ》をついてそれを眺め、篤臣は感心した様子で言った。

「やっぱ、臨床の外科医は、刃物を持たせると光るなあ」

「お前かて解剖でメスを使うねんから、外科医みたいなもんやろ」

「それはそうなんだけど、なんかやっぱり違うんだよな。お前のは誰かの命を助けるため

のメスだから、かな」

「そら、お前の場合は、メスをふるう相手の命はもう助けられへんからなあ。そやけど、その人の死因を明らかにすることで、心が救われる人は確実におるやろ」

「そう願ってる」

そんな微妙に重い会話をする間にも、大きな梨は見事にカットされ、剝かれ、篤臣が用意したガラスのボウルに盛りつけられていく。

「よっしゃ。ボナ……何やったっけ。ボナパルト?」

「それじゃナポレオンだよ。ボナペティだろ」

「それや」

「慣れない気取り方しようとするから、そういう間違いをすんだよ。『召し上がれ』でいいだろ」

苦笑いで突っ込んだ篤臣に、江南は照れ笑いでボウルを押しやった。

「たまには格好つけてもええやないか。まあ、ほな、先に召し上がれ!」

「いただきます!」

篤臣はいちばん上の一切れをフォークでザクリと突き刺し、口に運んだ。

歯を立てるとシャリッといい音がして、口の中に冷たくてスッキリ甘い果汁が溢《あふ》れる。

「あー、これ、俺が好きな、歯ごたえがあって、同時にジューシーなやつ」

「お、そらええな。俺も食おう」

江南も自分が剝いた梨をぽいと口に放り込み、「お」と目を丸くした。

「さすが城北先生伝来の梨、めちゃくちゃ旨いな」

「な。今年初の梨が大当たりだと、嬉しくなる」

篤臣はニコニコしながら二切れめの梨を食べ、それからふと思い出したようにこう言った。

「そういや、楢崎が芸術の秋でウクレレ教室に通い始めたって」

ブフッと奇怪な音を発した江南は、梨を噴き出しそうになって慌てて片手で口を塞《ふさ》いだ。

「いきなりなんちゅう愉快な話を始めんねん、お前は」

「や、今日、楢崎が来てたって話をしたろ。もうちょっと長居してれば、あいつも梨貰えたのになって思ったもんだから、つい」

篤臣が弁解すると、江南は両手でウクレレを弾く動作をしながら、やはり、「ウクレレ言うたら『アロハオエ』やんな」と言った。

昼間の楢崎本人とまったく同じアクションで、本当に彼が習っている曲名を口にする江南がおかしくて、今度は篤臣が本格的に笑い出す番である。

「お前と楢崎、マジで仲良しかよ。いや、確かに最初に習うのはそれだってさ」

「そやろ？　あいつ、何をとち狂ってそないな……あっ、まさか、国際学会がハワイであるんか？　懇親会の仕込みやろ。あいつらしいわ」

いかにも臨床医らしい推測をして、江南は「さすが、抜かりないな」と勝手に感心し始める。

篤臣は、笑いをまだ消せないままで説明を加えた。

「や、そういうこっちゃなくて、単に嵩張らなくてそれなりに安い楽器だからだってさ。挫折してもダメージが少ないからウクレレにしたらしい」

「あー！　ますます賢いな。いきなりピアノとか始めたら、挫折するにできへんもんな」

「だよな。いやでも、面白いのはおいといて、仕事の合間に楽器を習い始めようっていうモチベーションを持てるのは、偉いと思ったんだよな、俺」

江南も、そこは真顔になって同意する。

「ホンマやな。俺、そないこと微塵《みじん》も思うたことないわ。っちゅうか、学生時代は、車や服やあれこれ興味があったけど、今は車は乗れたらええし、服は楽なんがええな」

「服かあ。学生時代のバキバキに決めてたお前も、それはそれでかっこよかったけど」

「けど？」

「今のお前のほうが、俺は好きかな。背伸びしてなくて、自然で、それでいて、意外と垢《あか》抜《ぬ》けた服を見つけてくるもんなあ、お前」

篤臣はごく普通の感想を述べたつもりだったが、江南はたちまち相好を崩した。

「ええな！」

「あ？　何？」

訝しむ篤臣に、江南は満面の笑みで答える。

「お前の口から、俺のことが『好き』て言われるんは、ええもんやなあ」

「待て待て。俺、日頃から言ってるだろ、少しは」

「お前の『少し』が年イチっちゅう意味やったら、まあ言うとるな」

「そんなに言ってない⁉」

「言うてへん」

江南にきっぱりと言いきられ、篤臣は困り顔で口を尖らせた。

「ええー……。確かに、お前からは毎日くらい言われてる気がするけどさ」

「くらいと違う。間違いのう、毎日複数回言うとる」

「だよなあ。ええー……」

篤臣は困り果てた様子で天井を仰いでから、何かを決意した様子で江南に向き直った。

「なんていうか、悪い。もちょっと言うようにする……せめて年三くらいで」

「少ないわ！　せめて週イチにしてくれや」

笑いながらツッコミを入れつつも、自分と違い、過ぎるほどに照れ屋な篤臣の気性をよく知っている江南は、それ以上咎《とが》めず、話題を戻した。

「っちゅうか、そうか、芸術の秋か。学生時代は、映画やらライブやら、かっこつけて行っとったけど、とんとご無沙汰《ぶさた》やな」

「だよな。お互い、なかなか前もって予定を立てられない商売だし、たまに二人の休みが合っても、そういうときに限って、見たい映画がなかったりしてな。出かけるで思い出した。全然秋の話じゃないけどさ」

「ん？」

篤臣は、どこか遠い目をして言った。

「お前と初めて二人だけで出かけたのって、大学一年の春、講義サボって行った牧場だったな。野郎二人で牧場って！」

それには江南も思わず苦笑いする。

「言われてみたら、そやった。いっそおもろいな。あんとき、一緒にバターとか作ったんやったっけ。初デートが牧場か、俺ら」

「おいおい、あの頃はこんなことになるとは微塵も思ってなかっただろ。デートじゃなかったって」

「思い返せば初デートやったたっちゅうやつや。ええやないか。初めての共同作業が、バター作り」

「やだよ、そんなの」

満面の笑みでそんなことを言う江南に口では嫌がりながらも、篤臣も照れながら懐かしそうに笑い出す。

「でもあれ、妙に楽しかったな」

大きく頷いて、江南はテーブルに両肘《りょうひじ》をついて身を乗り出す。

「今もハッキリ覚えとる。俺も楽しかったわ。なんの気なしに誘ったつもりやったけど、今思えば、なんぞびびっとくるもんがあったんかもしれんなあ」

「……俺はなかったぞ？」

「あってんて！　心のどっかに！　気ぃついてへんかっただけやって！」

「ホントかなあ」

首を捻ってみせながらも、篤臣は笑顔のままでこう言った。

「なんか、そういう当時は特にどうってことなかった行動が、あとになって振り返ったら、こう、一緒に過ごしてきた時間の踏み石みたいな大事な記憶になってるって実感するとさ」

「おう」

「やっぱり時間を作って、二人で少しだけ特別なことを一緒にする時間を持つって、大事だなって思う。これまで、一緒に暮らしてるし、仕事が忙しいしって、色々理由をつけてはそういうのをサボってきたけど、これからは……」

「出かけようや、二人で。芸術の秋でも、寒いばっかりの冬でも、いつでもええわ」

力強くそう言って、江南はテーブル越しに、まるでダンスでも誘うように手を差し出す。

「なんだよ」と戸惑いつつも、篤臣は差し伸べられた手のひらに、自分の手をいかにも渋々載せた。

「ほんで、じじいになってからまた一緒に振り返ったら、踏み石が延々続いとったらおもろいやないか。なあ」

「そうだな」

笑って同意する篤臣の手をギュッと握って自分のほうへ引き寄せ、江南はニヤッと笑って言った。

「とりあえず、次の週末は、俺がお前をデートに誘う。こってり引きずり回したるから、覚悟しとけや。踏み石、五個は堅いで」

そして、篤臣の手の甲に、紳士が淑女に誓いを立てるときのように恭しく唇を押し当てる。

「その数、多いのか少ないのかわかんねえよ」

そんな憎まれ口を叩きながらも、篤臣は耳まで真っ赤になって、「わかった」と返事をするかわりにこっくり頷いたのだった……。

四　冬の話

　K医科大学の狭苦しい、もといコンパクトなキャンパスにおいて、もっとも季節を感じられるのは、長い渡り廊下の大きなガラス窓から、外を眺めるときかもしれない。といっても、有名総合大学のような広大な芝生や、壮麗でクラシカルな建物や、美しい木立があるわけではない。

　ただ、往来を行き交う人々の服装や、あまりにも早々と暮れていく太陽が、否応なく見る者に冬を感じさせるというだけのことだ。

「もう、こない暗うなってしもてるんですね」

　そんな江南《えなみ》の言葉に、消化器外科の教授である小田《おだ》は窓の外を見やり、「おやまあ」と充血した目を細めた。

「本当だ。そういえば、明日はもう冬至だものね。一年で一番、夜が長い時期だよ」

「冬至て、今時分でしたっけ?」

「十二月二十一日か二十二日、どっちかだよ。今年は二十二日だったはず」

「へえ。それにしたかて毎年、四時過ぎにもうこないに暗かったやろか」

首を捻《ひね》る部下に、小田は小さな目をパチパチさせて笑った。

「そんなもんだって。この時期の僕らは暗いうちに家を出て、病院ではずっとオペ室にいて、すっかり暗くなってから病院を出るだろ。日没が早まってることなんて、感じようがないんだよ。なんだか僕ら、太陽の光を知らないモグラみたいだよね」

「ほんまに」

くたびれた笑顔の二人がサンダルをぺたぺた鳴らしながら向かった先は、三号館にある売店だった。

学生、患者、見舞客、医療スタッフ、そして大学職員と、キャンパスに出入りするすべての人々に対応するその小さな店には、おにぎりから白衣まで、驚くほど多種多様な商品が揃《そろ》っている。

朝いちばんから夕方までを費やし、久々の大手術を終えた小田と江南は、ささやかに自分たちを労《ねぎら》うご褒美アイテムを求めてここにやってきたというわけだ。

「僕みたいなオッサンはともかく、君みたいな若い子は、さぞ腹が減っただろ。今日は、手術交代で何かつまむ余裕すらなかったもんね。いやー、まだ予断を許さないとはいえ、手術自体は無事に終わって本当によかった。久々に肝が冷えたよ」

「ほんまに。ちゅうか、小田先生でも肝が冷えるなんてことがあるんですか。術中は終始、冷静沈着なままやったと思うたんですけど」

「そりゃあるよ！　術中はみんなの手前、執刀医の僕が動揺しちゃいけないと思って、必死で踏ん張ってるんだ」

「なるほど！」

「それに、オペ中はアドレナリンがガンガンに出続けてるおかげで、怖さが逆にパワーになったり、頭の回転を上げてくれたりもするけどさ。その分、オペ室を出た瞬間にドッと疲れが押し寄せてくる」

「あー、わかりますわ。重力増えたん違うかって思いますよね」

疲れきった顔つきの小田に、さすがの江南も疲労を隠せない声音で同意する。

「思う思う。今まさに、地球に帰還した宇宙飛行士みたいな心持ちだよ。足の裏がジンジンしてる。……山のように働いてもらったってのに料亭で一席じゃなくて悪いけど、せめて売店にあるものならなんでもご馳走《ちそう》するよ。好きなものを好きなだけ選ぶといい」

そんな気前のいい小田の言葉に、江南はすぐに遠慮の言葉を口にした。

「いや、俺は、デザート用にアイスを一つ買うだけでええです。そら、奢《おご》ってくれはったら嬉《うれ》しいですけど」

小柄な小田は、長身の江南の顔を見上げるように軽くのけぞる。

「ウソだろ。君、ダイエットでもしてるのかい？　いや、ダイエット中にアイスは食べないか。まさか、僕が知らない間に胃でも切った？」

消化器外科の教授らしすぎる冗談に、江南は呆《あき》れ顔で片手を振った。

「いやいや、『腹は切っても切られるな』が家訓なんで、それはないですわ」

「じゃあ……あっ、わかった。術後の患者さんの見守りにすぐ戻らなきゃと思ってるんなら、それは心配しなくていいよ。橋口《はしぐち》先生のチームにちゃんと頼んであるからね。まずはひと息入れないと」

小田は駄々っ子を宥《なだ》めるような口調でそう言ったが、江南は真顔で片手を振ってこう言った。

「いや、ほんまに。現時点で、なるたけカッチカチのアイスを一つ買えたら十分なんですわ。弁当があるんで、あと必要なもんはデザートだけなんです」

「ああ！」

小田はようやく納得した様子で、いつものののんびりした笑顔になった。

「さては最愛のダーリン、永福《えいふく》先生の手作り弁当か！」

「はい。自慢の嫁の手作り弁当です」

江南もなんのてらいもなくほぼ同じ内容で応じる。

この場に篤臣《あつおみ》がいたら、顔を真っ赤にして江南の口を塞《ふさ》ぐに違いない。しかし、生憎《あいにく》ここには、その手のことにはまったく羞恥《しゅうち》のない上司と部下がいるだけである。

「そりゃあ、さぞ楽しみだろうねえ。早く買い物を済ませて、医局に戻るとしようか」

「はい。あ、俺の好きなアイスの新作が出とる。そやけど抹茶か～。抹茶はそこまで好きやないねんけどな」

江南はアイスクリームのケースに頭を突っ込まんばかりの勢いで覗《のぞ》き込む。

手術室では精悍《せいかん》で真摯《しんし》な表情を見せる部下が、ここでは打って変わって子供のように無邪気な顔をしている。そのあまりの落差が、小田にはどうにも不思議で眩《まぶ》しくて微笑《ほほえ》ましくて、彼は思わず「若いなあ」と言っていた。

「はい？　アイスの趣味がですか？」

怪訝《けげん》そうな江南に、小田は笑顔でかぶりを振る。

「いや、まだまだ青春を生きてるなって思っただけ。じゃ、また今度、別の機会を見計ってランチをご馳走するよ。そうだなあ……分厚いトンカツでも」

「ええですね、トンカツ！　楽しみにしときます」

トンカツと聞いて、ようやく選んだカップアイスを手にした江南は、心底嬉しそうに破顔する。その屈託のない笑顔を、やはり若いなあ、と再び呟《つぶや》きながら、小田は感慨深く眺めた……。

「うわっ、あいつ、今頃昼飯食ってる」

セミナー室で机を並べる篤臣の言葉に、美卯《みう》は実験記録を綴る手を止めた。

「マジで？　もう五時前よ？」

「ほら」

篤臣が美卯のほうに突き出したスマートホンの画面には、篤臣手製の弁当を食べる江南の自撮り写真がでかでかと映っていた。

箸《はし》で玉子焼きを挟み、よれた笑顔を見せている江南に、美卯はクスリと笑う。

「ホントだ。珍しく疲れた顔ね。ワイルドなおじお兄さん好きにはたまらない感じのルックスなのでは？」

「なんですか、その『おじお兄さん』ってのは。つか、オペが予定より大幅に長引いたらしいです。朝からさっきまでですって」

「あらら。でも、消外のオペ的にはまあありがちなレベルじゃない？　内容がヘビーだったのかしら」

「おそらく。江南の奴、身体《からだ》は腹が立つくらいタフですからね。こんな疲れた顔してるってことは、よっぽど頭のほうを使ったんだと思います。今夜、知恵熱出すんじゃないかな」

篤臣は江南の写真を見ながら、心配そうな顔でそんなことを言う。

パートナーならではの的確だが容赦のない分析に、美卯は小さな声で笑った。

「熱が出たら、せいぜい頑張って看病してあげて。それにしたって、夕暮れ時にランチはないわよねえ」

「まったくです。今の季節だからまだいいけど、夏だったらきっと傷《いた》んじゃってますよ。飛んでいって、それはもう食うなって取り上げなきゃいけなくなる」

力なく相づちを打って、それでも篤臣は、ちょっと嬉しそうに写真を眺めた。

「くたびれてるけど、いい顔してる。オペ、上手くいったんだな」

それを聞いて、美卯はたちまちげんなりした顔をした。

「あーはいはい、ご馳走様」

「俺は何も食ってませんけど？」

「ナチュラルに惚気《のろけ》すぎって言ってんの。何よ、その慈愛に満ちた表情」

美卯に半ば本気の呆れ顔でからかわれ、篤臣はたちまち頰《ほお》を赤くしてスマートホンを机に伏せて置く。

「俺はただ、あいつがいい仕事をしてるのが嬉しいだけで、別に惚気とか……慈愛とか、そんなんじゃ」

「いいじゃない、別に。パートナーなんだもの、自称旦那がむさ苦しい顔で弁当を貪《むさぼ》ってるのに見とれてても、そんなに恥ずかしがることはないわよ」

「恥ずかしいですよ！　まったくもう。別に見とれてたわけじゃないですし。……つか、あいつ今夜、帰ってこれんのかな」

篤臣は思い直したようにスマートホンを再び手に取り、いささかもったりした指の動きでメッセージを打ち込んだ。パソコンのキーボードならお手の物だが、フリック入力は未だにさほど得意ではないのである。

送信後、すぐに「ピコン」と特徴的な音がして、江南から返信があった。

ごめんなさいのポーズをしている少年マンガの主人公のスタンプに、「ちょい遅うなるやろけど帰る。たぶん十時は過ぎる。夜食タノム」というメッセージが添えられている。

「遅くなるけど帰るそうです。最後のほう、電報みたいになってやがるな。夜食かあ。夜の十時っていえば、今から五時間後……」

「まあ、何かお腹《なか》に入れたいタイミングでしょうけど、寝るまでの時間が短いのが問題よね。私だったら絶対食べない。ホットミルクでも飲んで、お腹を誤魔化すわ。夜食なんて暴挙に出たら、寝てる間に健やかに太るもん」

太ることを気にするわりに、美卯は机の片隅に置いた四角い缶を開け、常備している飴を一粒、無造作に口に放り込む。

そこにツッコミを入れることを賢明にも避け、篤臣は同意の言葉を口にした。

「ですよね。あいつはまあ、仕事でカロリーを消費してるだろうから太る心配はしないですけど、それでも胃にもたれそうなものは食わせられないな。何かあっさりした夜食を考えてやらなきゃ。ああいや、それよか、今は仕事だ」

そう言って今度こそスマートホンを置き、図書館で打ち出してきた論文をチェックする作業を再開した篤臣を、美卯は微笑ましそうに見やった。

その夜、江南が帰宅したのは、結局、午後十一時になる少し前だった。

「ギリ午後十時や！」

くたびれた顔でニッと笑い、玄関で靴を脱ぎながらそんなことを言う江南に、篤臣は呆れ顔で言い返した。

「ほぼ午後十一時だよ。つか、別にそんなことはどうでもいい。お帰り、そんでお疲れ！」

「おう、ありがとうさん。ただいま」

玄関に上がり、コートを脱いだ江南は、夕方に見た自撮り写真より、さらにくたびれて見えた。

緊張続きだった一日の仕事を終え、無事に帰宅したという安堵《あんど》が、疲労を増大させているのだろう。

いや、ようやく、疲労を本来のレベルで感じる余裕ができたと言うべきか。

片手を伸ばしてさっとそのコートを受け取った篤臣は、浴室のほうを指さした。

「風呂、支度できてるから、ゆっくり入って温まってこいよ。その間に、夜食を用意しとくから」

「そらありがたいけど、はよ寝やんでもええんか、お前」

「まだ大丈夫だよ。心配すんな」

「ほな、お言葉に甘えて」

江南は玄関にショルダーバッグを置くと、さすがにいささか疲れた足取りで浴室へと向かう。

その広い背中を見送り、篤臣は江南のチェスターコートに鼻を寄せた。そして、「一応、ファブっとくかな」と呟きながら、リビングへと入っていった……。

「おっ、ほかほかだな」

三十分後、どかどかとやってきたスエット姿の江南を見て、ちょうどキッチンからトレイを手に出てきた篤臣は、クスリと笑った。

帰宅時は擦りきれ感が漲《みなぎ》っていた江南だが、風呂でいくらかリフレッシュしたらしい。

野生の肉食獣を思わせるその顔には、いつもの生気が戻っている。

「おう、おかげさんでゆっくりあったまって元気百倍や」

「寝る前にそこまで元気になる必要はないだろ。元気一倍でいいから、まあ座れよ。あ、ちょっとだけ飲むか？」

「そやな。グラスに軽う一杯、飲みたい気分や」

「じゃ、お相伴するかな」

「よっしゃ。そっちは俺がやるわ」

もはや同居も長くなると、その辺りは阿吽《あうん》の呼吸で役割分担が決まる。

江南が冷蔵庫から缶ビールを一つ取り出し、グラスを二つ用意する間に、篤臣は鋳物《いもの》の両手鍋を食卓に運んだ。

「お前、昼飯が夕方だったろ？　実際、腹は減ってんのか？」

篤臣が訊ねると、江南は贅肉《ぜいにく》のかけらもついていない腹を両手でさすって小首を傾《かし》げた。

「腹ぺこっちゅうわけやないけど、このまま寝るんはきっついなあ、程度には」

「よかった。そのくらいかなって思って、献立を決めたから。腹ぺこだったら、何か追加しなきゃって思ったんだ」

安堵の表情でそう言うと、篤臣はシチュー用の深皿を二枚と、大きなスプーンとフォークを二本ずつ持ってきて、それぞれの席にセッティングした。

「何作ってくれるんか、楽しみにしとった」

江南は高い鼻を鹿のようにふんふんさせつつ、席に着く。

「肉っぽい匂《にお》いがしよるな」

「お前の場合、肉はマストだろ。一応、使った」

「そら嬉しいな。ほい」

「おう」

江南に促され、篤臣は自分のグラスを持ち上げた。

篤臣のグラスを十分に満たしてから、江南は残りを自分のグラスに注《つ》ぎ、「ほな」と言った。

「ありがとうな」

「今日も一日、お疲れさんや」

「俺的には今日はさほどでもないんだけど、お前は凄《すご》くお疲れさん」

そんな言葉を交わして互いにグラスを軽く合わせ、冷えたビールで喉《のど》を潤す。

「はあ、やっぱし平日のビールは格別や」

「そういうもん？　週末のほうが、気兼ねなく飲めて旨《うま》いんじゃねえの？」

「それはそれ、これはこれや。平日のビールの旨さは、開放感っちゅうより、一日が無事に終わったっちゅう安堵の味やな」

「なるほど。オペのあとならなおさらってわけか」

納得して頷《うなず》きつつ、篤臣は注意深く鍋の蓋《ふた》を取った。内部に立ち込めていた湯気が一気に立ち上り、豊かな香りがダイニングルームに広がる。

「おお」

思わず歓声を上げ、江南はグラスを持ったまま軽く腰を浮かせて、楕円形の大きな鍋の中を覗き込んだ。

「クリームシチューか?」

「そりゃクリームシチューは旨いけど、夜食には重いだろ。代わりに、ちょっと牛乳を使ってみた。ミルクスープって感じ」

「牛乳か。そら身体によさそうや」

篤臣の気遣いが嬉しくて、江南は相好を崩して自分のシチュー皿を篤臣に差し出す。

それを受け取った篤臣は、レードルで鍋の中身を気前よく江南の皿に盛りつけた。

「旨くていい具合に栄養が摂れて満足感もあって、ついでに消化がいい献立にしようと思ってさ。はい、どうぞ。お代わりもあるよ」

そんな言葉と共に差し出されたシチュー皿を両手で受け取ってランチョンマットの上に置き、江南はスプーンを取った。

「旨そやな」

「旨いといいんだけど。味見の段階ではそう悪くなかったとはいえ、初めて作ったもんだ

眺めた。

「お前の料理がまずかったことは、いっぺんたりともあれへんで」

ちょっと心配そうな篤臣をそんな言葉で励まし、江南は惚《ほ》れ惚《ぼ》れとシチュー皿の中身を眺めた。

ミルクスープと篤臣が呼んだそれは、コンソメスープに牛乳を加えたものだった。その中で、脂身の少ないベーコンとキャベツとエリンギ、それに皮を剝《む》いた丸ごとのジャガイモが煮えている。

「冬はとにかく熱々がご馳走だろ?」

「違いない。特に病院におるときは、作りたての料理にはなかなかありつかれへんからな。いただきます!」

「どうぞ。俺もちょっと食べよう。今日、四食目だけど」

「そうせえ。お前は細いねんから、四食でも五食でも食うたほうがええ」

「そりゃ、お前と比べれば細いかもだけど、そこまでじゃねえよ。でも、今夜は食う」

自分は普通にあり合わせの夕食を摂った篤臣だが、見ているとやはり少し食べたくなって、自分のシチュー皿に、江南の半分ほどの量を盛りつける。具材も、ジャガイモは避けて、キャベツとエリンギ、それにベーコンをほんの一切れに留めた。

それを見ながら、江南はやはりメイン食材からと、大きなコロンとしたジャガイモにスプーンを入れた。適度な手応《てごた》えと共に、銀色のスプーンが象牙色《ぞうげいろ》のジャガイモの中に沈み込んでいく。

「よう煮えとんのに、不思議と崩れへんもんやな」

「メークインだからな。おでんにもいつも入れてるだろ。あれと同じ」

「はー、なるほど」

そんな会話の合間に、江南は器用にスープを吹き冷まし、口に入れる。それでも少し熱かったのか、開けたままの口からはふはふと湯気を逃がしつつ、江南はシンプルな評価を口にした。

「旨い!」

「そりゃよかった。期待してた夜食だったか? いっそ和風に湯豆腐とかのほうがいいかな、とも思ったんだけど」

「いんや、俺はこれがええ。湯豆腐も悪うはないけど、食うた気せえへんし」

「そう言うと思った。やっぱ、お前はどっかに肉が必要なんだな」

江南はニコニコして、厚切りのベーコンをキャベツと一緒に頬張る。

「そらそうや。蛋白質《たんぱくしつ》が人間の身体を作るベースやからな」

「なるほど」

「しかも、ベーコンと一緒やったらなんでか旨う感じるキャベツと、繊維質たっぷりのエリンギと、こなれのええ炭水化物のジャガイモ、おまけにカルシウム源の牛乳まで入っとる。ほぼひと皿で完全食やないか。凄いな、篤臣」

「そういう褒められ方をするとは思わなかったよ。けど、気に入ってもらえてよかった」

篤臣は、自分も優しい味のスープをじっくり味わいながら、嬉しそうな笑みを浮かべた。江南も笑顔で頷く。

「こんな夜食を食えたら、遅うまで仕事を頑張った甲斐《かい》があると思えるわ。ちゅうか、優しい、ほっとする味や。神経すり減らした日ぃには、こういうんがええ」

それを聞いた篤臣は、優しい眉《まゆ》を軽くひそめた。

「それだよ。今日のは、よっぽど大変なオペだったのか？　それとも、何か突発的な事態が？　ああいや勿論《もちろん》、患者さんのプライバシーは詮索しないけど」

気遣わしげに問いかける篤臣に、江南はスプーンを持ったまま、こともなげに答えた。

「ざっくり言うくらいはええやろ。腹開けてみたら、ちょっと予想外のもんを目敏《めざと》う見つけてしまいはってな。ほんで、俺らのやることが増えて、手技がだいぶややこしゅうなって、予定より大幅にオペが長引いた。途中で俺がちょいと出て説明はさしてもろたんやけど、ご家族は気ぃ揉《も》みはったと思うわ」

江南の口ぶりから、その「予想外のこと」を発見したのは執刀医の小田教授なのだろうと察し、篤臣はさらに問いを口にする。

「そりゃ大変だったな。でも、あの慎重な小田先生をしても予想できないようなことだったのか？」

「誰にも予想はできへんかったやろな。画像検査でも血液検査でも拾えへんかった、ちっさいちっさい病変や」

「それをオペ中に発見したってわけか。さすがだな、小田先生」

江南は誇らしそうに胸を張って頷く。

「小田先生やからこそや。俺らも、先生に指摘されてもすぐには気づけんかった」

「そこまで小さかったのか。見つかってよかったな」

「おう。気づかんとオペを終えてしもとったら、何年後かにまた腹を開け直さんとあかんかったやろな。今回、病変がまだちっさい芽のうちに見つかったんは、奇跡みたいなもんや。見逃さんですんで、ほんまによかった。人生で腹開けられる回数なんて、少なければ少ないほどええもんな」

「それはそうだよ！　絶対に！」

やけに力強く、篤臣は断言する。

かつて急性虫垂炎で開腹手術を受けたことがあるだけに、術後のつらさはまだ記憶に新しいらしい。当時、小田と共に主治医として執刀した江南は、苦笑いで肩を竦《すく》めた。

「そやろな。俺自身は、開腹されたことがないからわからんけど」

「いっぺん開けられてみろって言いたいところだけど、お前にはあんな目に遭ってほしくないよ。ホントにしんどかったからな。術後、痛いわ喉は渇くわ吐きそうだわ寒気はするわで、生きた心地《ここち》がしなかったよ」

顰《しか》めっ面でそう言いながら、篤臣は柔らかく煮えたキャベツをスープと一緒に味わい、ほうっと嘆息した。

「でも、お前と小田先生と……あと楢崎《ならさき》のおかげで、こうして無事に、あれこれ美味《おい》しく飲み食いできてるんだから、感謝あるのみだな。俺も、運のいい患者のひとりだ」

そんな篤臣の言葉に、江南もしみじみと当時のことを思い出した。

「あんときほど、消外の医者でよかったと思うたことはなかったし、同時に、後悔したこともなかった」

「後悔？」

首を傾げる篤臣に、江南は苦い声音でこう言った。

「仕事優先の生活をお前が理解してくれるんをいいことに、あの頃の俺は、最高に調子こいとった。そのバチがお前の病気っちゅう形で示されてしもたんはどうにもこうにも申し訳なかったし、初手の段階で俺が役立たずやったんも、未《いま》だに腹立つ」

「……ああ」

篤臣は、つい呆れ声を出してしまった。

激しい腹痛で身動きが取れなくなるという、篤臣にとっては一世一代の大ピンチのときに、パートナーである自分がそばにいなかったばかりか、連絡も取れない状態だったことを、江南はずっと心の片隅で悔やみ続けているらしい。

「それはもう気にすんなって、何度も言ってんだろ。あれはお互いタイミングが悪かった。お前が仕事優先の生活をすることを、俺も応援してたわけだし。言うなれば、共犯みたいなもん……」

「それはそれ、これはこれや」

慰めるような篤臣の言葉を遮り、江南は嘆息した。

「あの楢崎が、お前を運んできたんを見たときの気持ちを、俺は一生忘れられん。あんとき楢崎がおらんかったら、最悪、お前はここで、ひとりぼっちで死んどったかもしれんやろ。俺は、宇宙でいちばん大事なもんを、仕事を言い訳にしたばっかりになくしたかもしれんのや」

「江南……」

「お前が許してくれても、絶対あんときの気持ちだけは忘れたらあかんと思うて、ときどき思い出す。自分を苛《いじ》めてるん違うで？　間違いを繰り返さんようにや。お前が今もこうして、俺の目の前におってくれる幸運に感謝しながらな」

なんと言っていいかわからず、しばらくスプーンを持ったまま唇をへの字にしていた篤臣は、やがて照れ隠しの荒っぽい口調でこう言い返した。

「お前、意外とドMだったんだな」

「そうかもしれん。けど、世界一幸せなドMやからかめへん」

江南はホロリと笑い、ベーコンとエリンギをフォークでざくりと突き刺して頬張った。

健やかな食欲を見せるパートナーを見守りつつ、篤臣は少し心配そうな顔つきをした。

「腹が落ちついたら、今夜はゆっくり寝ろよ。俺も、ごくたまにでかい事件絡みの司法解剖なんかで経験したことがあるからちょっとはわかるんだけど」

「うん？」

「当日のうちは、仕事中の緊張が残ってるせいで妙に元気でいられるけど、翌日、ガッと疲れが押し寄せてくるんだよ。お前だってそういうところ、あんまり自覚してないかもだけど絶対あると思うからさ」

「あー、それなぁ」

江南は順調にスープを平らげながら、大袈裟《おおげさ》に溜《た》め息をついてみせた。

「昔は、何日泊まり込んでも疲れなんか感じへんかったけど、今は確かに、医局で仮眠して起きた瞬間、『うわ、節々痛いな』ってなるときがあるわ」

「だろ！　いつまでも二十代ってわけじゃねえんだから、長く元気に仕事を続けるためにも身体は労《いたわ》らないと。明日も、朝早いのか？」

「そやな、いつもどおりや。明日は朝イチのオペには入らんけど、カンファには参加せんとやし」

「そっか。じゃあ、明日の朝は、元気が出そうなスムージーでも作ってやるよ。ほら、さくさく食っちゃえ。で、一分でも早く寝ろ」

生来のせっかちさを発揮して急《せ》かし始めた篤臣に、江南は「そない慌てて食うたら、せっかくの旨い夜食が勿体ないやないか」と言い返しつつ、嬉しそうに目尻《めじり》を下げた。

結局、「一緒でなければ寝付きが悪い」と江南にごねられ、食事の後片づけを明朝回しにしてベッドに入ることとなった篤臣は、自分と江南にバサリと布団を着せかけ、手元の小さなリモコンで灯《あか》りを消した。

「ほら、即座に寝ろ！」

布団の上からおざなりにポンポンと胸元を叩《たた》かれ、江南は呆れ顔で言い返した。

「おい。そない急がされたら、眠気がどっか行ってまうやろ」

「俺が隣にいりゃ眠れるって言ったのは、お前だぞ。つべこべ言わずに寝ろよ」

「無茶言いよる。安らかな眠りは、安らかな気分からやろ」

「風呂にも入ったし、夜食も食ったし、安らか極まりないだろ？」

「そやそやけど……お前、意外とデリカシーがないねんな」

「お前にだけには言われたかねえよ！」

憤慨した口調でそう言いつつも、篤臣は暗がりの中でもぞもぞと身じろぎして、江南に身を寄せた。江南もいつものように篤臣のうなじと枕《まくら》の間に腕を差し入れ、緩く肩を抱く。

「これがいちばんの眠り薬や」

満足げに呟く江南に、篤臣は「どれが？」と訝《いぶか》しげに問いかける。

「隣にお前がおることとやないか。目ぇ閉じても、夢ん中でも、この手触りとあったかさで、お前がおるてわかるやろ」

「……それはどうも」

照れてぶっきらぼうな返事をする篤臣のパジャマの肩を撫《な》でながら、江南はふと思い出したように言った。

「そう言うたら、明日は冬至らしいで。小田先生が言うてはった」

「冬至！　ああ、そうか。どこもかしこも十二月になるなりクリスマス仕様になったから、そっちのことしか気にしてなかった。言われてみりゃ、手前に冬至があったな。すっかり忘れてた」

ちょっと驚いた顔をした篤臣は、しばらく考えてから江南に訊《たず》ねた。

「明日は……ああいや、もう今日だけど、あんまり遅くならずに帰ってこられそうか？」

江南はちょっと戸惑いがちに、曖昧《あいまい》に頷く。

「たぶん。まあ、今日オペした患者の容態次第やけど、ここ数日はそう大きな変化はないやろと思う。経過観察はチームで交代しながらやることになっとるし」

「よし、じゃあ、俺のほうがややこしい司法解剖でも入らない限り、冬至らしい晩飯でも作るよ」

篤臣の言葉に、江南は少し重くなってきた瞼《まぶた》をパチパチさせる。

「冬至らしい晩飯てなんや？」

「それは明日のお楽しみってことで」

篤臣の最後のほうの言葉は、欠伸《あくび》で不明瞭《ふめいりよう》になってしまっている。

「お前のほうがはよ寝てしまいそうやな」

江南の笑みを含んだ声に、篤臣はもそりと頷いた。

「布団の中が暖まると、すぐ眠くなるんだ。早く寝ないと、俺が先に寝ちまうぞ」

すると江南は、愛《いと》おしげに篤臣の柔らかな髪を指で梳《す》きながら言った。

「かめへんで。俺はまださほど眠うないし、お前の……」

「それは昼間の緊張の名残《なごり》のせいだって言ったろ。ほんとは疲れてるんだから、寝ろ寝ろ」

「最後まで言わせえや。お前の寝息が、何よりの睡眠導入剤やって」

「うるせえ！　恥ずかしいこと言ってんじゃねえよ。いいから口閉じて、瞼も閉じろ！」

照れを誤魔化すために荒っぽい口調でそう言い、篤臣は片手で江南の目元を覆ってしまう。

「おおう。これは野生のホットアイマスクやな」

「野生って。せめて天然の、とかにしろよ」

「そやな。俺的には天然記念物級、唯一無二のホットアイマスクや」

やけに嬉しそうに声を弾ませた江南は、篤臣にまた叱《しか》られるのは嫌なのか、あるいは手を外してほしくない一心か、それきりおとなしく口を噤《つぐ》んだ。

途端に、寝室には静けさが満ちる。

やがて、傍らから聞こえ始めた健やかな寝息に、それまで身じろぎしたい衝動をぐっと抑え込んでいた篤臣は、安堵の息を吐いた。

江南の目元にずっと置きっぱなしだった手をそろそろとどけ、気持ちよさそうに眠るパートナーの寝顔を間近で見守っていると、篤臣にも本格的に眠気が押し寄せてくる。

昔から、篤臣に腕枕をして眠りたがる江南だが、篤臣としては、外科医の大切な腕が血行不良でどうにかなったらどうしようと気が気ではない。

身を起こし、うなじの下にあった江南の腕をそうっと布団の下に押しやってから、篤臣は再び江南に身を寄せ、目を閉じた。

そして、「冬至らしい晩飯って、実際、何がいいんだろうな」と再び献立に頭を悩ませ

ながら、彼もまた、心地よい温《ぬく》もりに包まれて眠りに落ちていった。

「冬至らしい晩飯かね」

翌日の午後一時過ぎ、朝一番に入っていた司法解剖を終え、学食に滑り込んでどうにかありつけた昼食を摂りながら、法医学教室の城北《じようほく》教授は、落ちくぼんだ目を瞬《しばたた》いた。

たとえる動物があるいはやや失礼に思われるかもしれないと、本人には告げたことがないのだが、篤臣はいつも、城北教授の柔和なシワに彩られた顔を見ているとサイを思い出す。

(日頃はおっとりしてるのに、いざとなったらすげえ瞬発力と持続力を出してくるのも、サイっぽいんだよな)

そんなことを考えながら、篤臣は頷いた。

「風呂には柚子《ゆず》、食卓にはカボチャがスタンダードってのはわかってるんですけど、江南の奴、カボチャはモサモサするからあんまり好きじゃないって言うんで悩んでるんですよね」

「あー、そう言う人けっこういるわよね」

美卯も会話に加わった。

もはやそれしかランチメニューが残っていなかったので、三人揃って唐揚げカレーを食べながらの会話である。

城北教授は、さりげなく、かつ素早く自分の唐揚げを一つずつ、部下たちのカレーの上に載せてから、再び口を開いた。

「わたしは好きだがね、カボチャ。冬至に限らず、家内が副菜として甘辛く煮付けてくれるのが大好物だよ。まあしかし確かに、ほくほくしたものより、とろりとしたもののほうが好きかな」

美卯は、上司が押しつけてきた唐揚げを遠慮なく頬張り、うんうんと頷いた。

「私もそう。煮物は、とろりのほうがいいです。焼くなら、ほっくりも美味しいですけど。焼肉の、お肉の脇《わき》に愛想程度にぺろっと一切れついてくるカボチャ、あれが地味に好きなんですよね」

「あー、わかる！」

篤臣も思わず勢い込んで同意した。

「焼肉にちょっとだけついてくる野菜って、どれもありふれてるけど、妙に旨いんですよね。ピーマンもタマネギもカボチャも。茄子やトックなんかもいいな。なんとなれば、肉よりも丁寧に焼きますよ」

「そうそう。うっかり焦がしちゃうと、心に大きなダメージを負うのよね。凄くテンションが下がっちゃう」

「それ！　カボチャは特に、他《ほか》の野菜よりよく焼かないとダメだから、焦がすリスクがより大きくて」

「かといって、生焼けでガリガリしたのを食べるのは絶対嫌だし」

「嫌ですね！」

部下二人が「焼肉の添え野菜」の焼き加減でいきなり盛り上がり始めたのを不思議そうに見ていた城北は、ようやく会話が途切れたタイミングで、「では、家庭でも焼いてみてはどうかね」と提案した。

おそらく城北は妥当なアイデアだと考えたのだろうが、美卯も篤臣も、途端にあからさまにガッカリした顔つきになる。

「家で焼いても、ねえ」

「そうですよね」

「……それはまた、何故」

問いかけに、驚きと若干の不満を滲《にじ》ませる城北に、美卯はさも当然といった口調で答えた。

「あれは、焼肉っていう人生を豊かにしてくれるイベントの一環としての野菜焼きだからいいんですよ。家で、ただ野菜を焼いても……いや、そりゃたぶん美味しいですけど」

「美味しいでしょうけど、たぶん上手に焼けたところで、あの喜びはないかな」

「ないわよねえ」

並んだ座った美卯と篤臣は、顔を見合わせて頷き合う。

城北は、カレーを掬《すく》いかけたスプーンを持ったまま、首を傾げた。

「そういうものかね。では、うちの家内のように煮付けてはどうかな。煮るのであれば、江南先生が嫌いなモサモサ感は軽減されるのでは？」

しかし、篤臣は浮かない顔で首を捻った。

「あいつ、そもそも野菜が好きじゃないですからねえ。ただ煮付けただけじゃ、箸が進まないっていうか、楽しんでもらえない気がして」

「楽しんでもらえない、とは？」

「冬至っぽい晩飯を作るから、楽しみにしてろって大見得を切っちゃったんですよね。だから、あいつのテンションが上がる晩飯を作ってやんなきゃなと」

ばつの悪そうな篤臣の説明を聞いて、城北と美卯は微笑ましげに視線を交わした。

二人とも、江南と篤臣の「すったもんだ時代」からずっと彼らを見守ってきたので、今の睦《むつ》まじい様子が我がことのように嬉しいのである。

「はいはい、毎度甘いお話で、まだ食べてるけどご馳走様。嬉しい悩みじゃないの。せいぜい、夕方までじっくり検討すればいいんじゃない？」

「この場合は、悩みもまた楽し、なのだろうね。盛大に悩みたまえ。無論、仕事を忘れてもらっては困るが」

上司二人にそんなコメントを貰《もら》った篤臣は、「それは勿論！」と力強く即答しつつ、うっかり惚気てしまったことに気づいて赤面した。そして、無闇に勢いよく、カレーを口に運び始めた……。

その夜、江南は午後八時過ぎに帰宅した。

一般的には「早い」とはあまり言えない時刻だが、病院勤務の消化器外科医としては、そして去年までの江南に比べれば、格段に早い部類である。

「帰ったで」

キッチンに顔を出した江南を、キッチンで洗い物をしていた篤臣は、どこかワクワクした笑顔で迎えた。

「おかえり！　今日は、風呂より先に飯でもいいか？」

思いがけない篤臣の言葉に、江南は軽く目を見開いた。

そもそも、「仕事から帰ったらまずは入浴」という行動は、共に暮らすようになって、篤臣が言い出したことだったからだ。

そこには、「互いに病院という特殊な環境で仕事をしているのだから、予想外の病原菌を自宅に持ち込まないように」という職業的な理由と共に、「職場での緊張状態を、自宅では一刻も早く緩めたほうがいい」というメンタル面への配慮でもある。

生真面目《きまじめ》で、いったん定めたルーティンをそう簡単に変えたがらない篤臣が、自分から、しかも楽しげに変更を申し出てくるのはなかなかに珍しいことだ。

「お前がええんやったら俺は全然かめへんけど、どうかしたんか？」

軽く訝る江南に、篤臣はいたずらっ子のような顔で早口に言い返す。

「まあ、理由はあるんだけど……それはあとで。とにかく手を洗って、着替えてこいよ。ちょうど、飯の支度もほぼできたところだし、とにかく先に晩飯にしたいんだよ」

「さよか。ほな、そうしよう。すぐ戻るわ」

たとえ不思議に思っても、篤臣の態度に不穏なものを感じない限り、特に深追いしないのが江南という男である。

鷹揚《おうよう》に承諾の返事をすると、彼は大股《おおまた》にキッチンから出た。

洗面所で手と顔を洗い、寝室でオーバーサイズのスエット上下に着替えると、それだけで入浴するまでもなく気持ちがリフレッシュして緩む。

「さてと、すぐ戻らんとな。あいつはせっかちやから、こういうときの待ち時間、実質一分が体感十五分くらいになりよるし」

長年の相棒ならではの正確な見立てを呟き、江南はスエットの上着の裾を引っ張って伸ばしながら、再び大急ぎで引き返した。

幸い、今夜は待たせすぎではなかったらしい。ダイニングでは、篤臣が鼻歌交じりにテーブルをセッティングしていた。

「……冬至やったよな」

テーブルの上を見下ろした江南の呟きに、篤臣はちょっと恥ずかしそうに肩を竦めた。

「だって、立ってるもんは親でも使えって言うだろ。親は使わないけど、まあ、あるものはなんでも使え、だと思ってさ」

篤臣の弁解の理由は、二人の席にそれぞれ置かれたランチョンマットである。

樹脂製のいささかチープな趣のそれは、篤臣が去年の秋に近所の百円ショップで買ってきたもので、縁に描かれているのは、ジャック・オー・ランタンと、コウモリと棺桶《かんおけ》、白いシーツをかぶったお化け……つまり、あからさまにハロウィン仕様なのである。

「言うても冬至と縁遠すぎぎやろ」

「だって、今年はうっかりこいつの存在を忘れてて、肝腎《かんじん》のハロウィンはフツーに過ごしちゃっただろ。せっかく買ったんだから、年に一度くらいは活躍させてやらなきゃ」

「まあ、それもそうか。カボチャの日繋《つな》がりやな」

「そういうこと。さ、お前は飲み物を用意してくれよ。俺は料理を運ぶから」

「よっしゃ。ビール……ああいや、こういうときこそ、楢崎にもろたワインがええか。あいつ、なんでか知らんけど白しかくれへんな」

「貰い物に文句言ってんじゃねえよ。白のほうが飲みやすいし、色んな料理に合わせやすいっていう親心……じゃねえな、同期心じゃないか？」

「そういうもんやろか。まあ、あいつに任しといたら、旨いやつを選んできてくれるからありがたいこっちゃな」

「それ、本人にちゃんと言ってやれよ。ノーリアクションすぎて、あいつらにワインのやり甲斐がないって思われてるかもしれないぞ」

苦笑いでそう言った篤臣は、両手で大きなトレイを持っている。

それをテーブルに置いた彼は、満載した料理の皿をさっそく並べ始めた。江南もいそいそと、ワインのコルク栓を抜きにかかる。

ほどなく、「冬至らしい夕食」の準備が整い、二人はいつものように差し向かいで食卓についた。まずは、キリッと冷えた白ワインで乾杯し、互いを労う。

「ほな、今日も晩飯ありがとうさん。お疲れ」

「お疲れはお前もな。冬至らしいかどうかは謎だけど、まあ、たまには気合いを入れてみた」

そんな篤臣の言葉どおり、テーブルを飾る料理は実にバラエティ豊かだ。

銀杏《ぎんなん》の塩炒《しおい》り、キャロットラペ、レンコンチップス、ゴボウのきんぴら、そして、メインはスライスしたカボチャを表面にズラリと敷き詰めたマカロニグラタンである。

まだ縁がふつふついっているグラタン皿を見下ろし、江南は嬉しそうな顔をした。

「白ワインとグラタンて、えらいシャレた取り合わせやな。店みたいや。……ほんで、冬至らしいっちゅうんは……」

「ここにあるすべて」

篤臣はちょっと自慢げにそう言い、テーブルの片隅に置いたスマートホンを取って軽く振ってみせた。

「冬至っていえばカボチャだと思ってたんだけど、ネット検索してみたら、それだけじゃなかったんだよな」

江南は興味をそそられた様子で軽く身を乗り出す。

「そうなんか？　ほな、ここにある料理に使われとる……銀杏やらニンジンやらも冬至の食いもんなんか」

篤臣はそうそうと頷いた。

「なんでも、『ん』がつく食べ物がいいんだってさ。中でも、『冬至の七草』ってのを食べると運が上がるとかで」

江南はたちまち胡散臭そうに精悍《せいかん》な顔をしかめる。

「なんや、春やの秋やのに加えて、冬至にも七草があるんかい。世の中、七草だらけやな」

「とにかくあったんだから仕方ないだろ。冬至の七草は、なんきん、れんこん、にんじん、ぎんなん、きんかん、かんてん、うんどん」

「あ？　うんどん？」

「うどんのこと。今夜はマカロニを西洋うどんと言い張る所存だ」

堂々とそんな宣言をする篤臣に、江南はフォークを左手で弄《もてあそ》びながら笑い出してしまう。

「そらまあ、イタリアのうどんみたいなもんやろけど、えらい力技やな。今日だけは、マカロニン、て呼ばんならん」

「おう、それで行こう。つか、金柑と寒天はちょっと使いようがなかったから省略した。代わりに、ほら、ゴボウ、もとい『ごんぼう』を入れたってわけ」

「なるほどなあ」

「いいから、まあ食おうぜ。冷めちゃうだろ」

「お、そやそや。いただきます！」

江南の元気のいい挨拶に「召し上がれ！」とこちらもキレよく応じて、篤臣は、キャロットラペやきんぴらを、まずは江南の皿に、次いで自分の皿に取った。

はなから個々に盛ればいいようなものだが、未だに野菜が大好きにはなれない江南にとっては、「これだけ全部食え」と目の前にどんとノルマを置かれるよりは、こうして篤臣が少しずつ皿に放り込んだほうが箸が進むらしい。

まるで子供のようだとおかしくなるが、自分が取り分けてやるだけで、江南が苦手なものを食べようと頑張ること自体には、結構な愛を感じてくすぐったくも思う。

(惚れた弱みってのは、こういうことを言うんだかな)

そんなことを考えてひとりで照れながら、篤臣はグラタンを慎重に吹き冷まして、一口食べてみた。

(ん、正解だったかも)

オーブンで表面がカリッと焼けたカボチャは、食感といい味といい、格好のアクセントになっている。

いつものグラタンに一手間加えただけだが、目先が変わって実に旨い。わかりやすい味の食べ物が好きな江南も、グラタンを熱いまま頰張り、口から湯気を噴きながら、やや不明瞭な口調で言った。

「ほんで、なんでその『冬至の七草』を食うたら、運が上がるんや?」

篤臣は、そんなやんちゃなパートナーの食べっぷりに苦笑いしながら答えた。

「ああ、だからこう、『ん』がついたものを食うことで、『運』を呼び込めるとか、そういう縁起担ぎっていうか、おまじないっていうか」

「ほーん」

「冬至ってほら、今日を境に昼間の時間が少しずつ長くなっていくわけだろ。だから……ええと、なんだっけ、ああそう、それを『一陽来復』って言うんだってさ」

「いちよう、らいふく」

「うん。で、その一陽来復には、『悪いことが続いたあとに、いいほうへ向かうこと』って意味合いもあるらしくてさ。まあ、俺たち、別に悪いことは続いてないけど、さらにいいほうへ向かえれば申し分ないし」

「そらそうや。飯食うただけでええことが起こるんやったら、ありがたいこっちゃ」

あまりにもあっさりとそんなふうに返されて、篤臣はむしろ軽くムッとした顔をした。

「おい。そういうのはつまんねえって思ったろ、今」

「いや？　お前の言うとおりやと思うで」

しかし、すぐに真顔で否定して、江南はフォークでキャロットラペをほんの少し掬い上げ、口に入れた。

「お、思ったより旨い」

「当たり前だ。お前が食えるように、刺激の少ない酢を使って、ちょっと甘めに仕上げてある」

「愛やなあ」

「うるせえ。俺もそのほうが好きなんだよ」

明らかな照れ隠しで少し乱暴に言い返した篤臣は、そのままの勢いでこう続けた。

「食ったら風呂だぞ。冬至だから、柚子湯だ。そんで……」

「おん?」

キョトンとする江南に、篤臣はさらに早口で宣言する。

「今夜は一緒に入る」

「おっ! そら大サービスやないか」

たちまち、江南は満面の笑みを浮かべた。一方で、篤臣は怒ったような顰めっ面になった。無論、照れているのである。

「別に色っぽい理由じゃないからな。お前、風呂に柚子が浮かんでるのを見たら、喜んで揉みまくってグチャグチャにするだろ」

鋭い指摘に、江南は軽くのけぞる。

「なんでわかんねん」

「何年一緒に過ごしてると思うんだよ。俺は、粉砕された柚子が浮かんだ、果汁と果肉たっぷりの風呂に浸かるのは嫌だし、飯食ったあとに眠くてフラフラしながら風呂の順番を待つのも嫌だし、ということは、一緒に入ってお前を監視するのがいちばんいいって結論に達した」

「そら、最高の結論やな。お前に見とれとったら、柚子どころやない」

「ばーか。柚子はきっちり楽しめ。年に一度のことなんだから」

早くもやに下がる江南をたしなめ、それでも篤臣はさらなる提案を繰り出す。

「そんで……風呂で温まりながら、クリスマスの相談をしようぜ。今年は一緒にディナーが食えると期待して」

「おう、そやな。まあ、患者さん次第ではあるし、いざっちゅうときは小さい子供のおるドクターを優先して帰したらなあかんけど」

「おう。……勿論、患者さん最優先、子供がいる家庭優先ってのはわかるし、絶対にそうしてほしいけど」

「けど?」

「俺だって、お前とクリスマスを過ごすの、すっげー楽しみにしてるんだからな。ご馳走とケーキ、ちゃんと用意すっから。プレゼントも」

ボソボソと真っ赤な顔でそう言う篤臣に、江南はとうとうフォークを置いて立ち上がった。そして、座ったままの篤臣を、後からギュッと抱き締める。

「ほんまに今夜は大盤振る舞いやな。俺をどんだけ喜ばす気や、お前」

「別に、本心を語ってるだけだし。お前を喜ばせようとサービスしてるわけじゃねえよ」

「本心百パーやったら、なお嬉しいわ」

篤臣の首筋に顔を埋め、江南はぎゅうぎゅうと抱きすくめる腕に力を込める。

「息が詰まる！」

そんな抗議の声を上げつつも、篤臣のまだ赤いままの顔にはようやく満足げな笑みが浮かび始める。

「いいから飯を食えって。冷めるだろ」

「おう、そやな。まずは冬至を満喫せんとな！」

江南は名残惜しそうに篤臣の頬にキスしてから身体を離し、自分の席へとドカドカ戻っていく。

「お前と一緒にいると、どんな日でも記念日みたいになるなあ」

そんな今さらながらの素朴な感想を口にして、篤臣は頬に残る江南の唇の感触をくすぐったく思いつつ、ようやく食べ頃の温度に落ちついたグラタンを口いっぱいに頬張った

……。

君と旅に出る

　朝いちばんに始まった司法解剖を終え、法医学教室のセミナー室に戻ってきた篤臣《あつおみ》は、うーんと伸びをしながら自席に向かった。

　じきに午後三時になろうとしているのを壁の時計で確認し、椅子に腰を下ろすなり、疲労がどっと押し寄せてきた。

　腹の底から、自然と声が漏れる。

「うあああぁぁ」

　言葉にはならない。いったいどんな感情を込めたのかすら、自分でもよくわからない。とにかく、あまりにも疲れすぎると、人はおそらく本能的に、奇妙な声を発してしまうものなのだろう。

　室内に他に誰もいないのをいいことに、それでも律儀にサンダルは脱いで、篤臣は両足を自分の机に載せた。

ほぼ六時間、長靴を履いて立ちっぱなしだったせいで、足の裏がずっとジンジンしている。行儀が悪いのは百も承知だが、そうして足を上げてみると、鈍い痛みや不快感がたちまち薄らいで心地がいいのだから仕方がない。

「はー……。今日はさすがにきつかったなあ」

椅子の背もたれに遠慮なく身体を預けて、篤臣は思わず独りごちた。

司法解剖の手順については、学会の指針と各教室の「お作法」があり、それに従って淡々と、あるいは粛々と行われるのだが、タイムテーブルに関しては、特に決まりはない。

基本的には、鑑定医がその日のペースを主導的に作っていくことになる。

城北《じょうほく》教授が鑑定医の日は、年齢的なこともあり、わりにこまめに小休止を挟む傾向があるが、今日の鑑定医は美卯《みう》で、ついに一度も休憩を取らなかった。

正直、篤臣は、いや、おそらくは立ち合いの警察官たちも、昼休みくらいはあるだろうと期待していたのだが、鑑定医、しかも唯一の女性である美卯に「あと少しだから、やってしまいましょう」と毅然《きぜん》とした表情で言われてしまっては、どうにも異を唱えづらい。

みんなが頑張っているのに、自分だけ休みたがるのは恥ずかしい……というような前時代的な見栄を、男性陣全員がそれぞれ張ってしまったのである。

（やっぱ、休みたかったな。最後のほう、低血糖でちょっと手が震えたりしたもん。集中力もあからさまに落ちてた。惰性で続けちゃったけど……）

篤臣が怠惰な姿勢で反省していたところに、遺族への書類の交付を終えた美卯が戻ってきて、小さく噴き出した。

「珍しい。永福《えいふく》君が、そんなお行儀の悪いことするなんて」

「あっ、すいません。お疲れ様です」

「お疲れ様！　いいって、足、下ろさないでよ。私もやりたい！」

さすがに力ない足取りでやってきた美卯は、篤臣の隣の席に座り、やはりスリッパを脱いで、自分の机に両足をどんと載せた。

「わあああー」

「やっぱりそうなりますよね。俺もさっき、変な声出ました」

篤臣は、下ろしかけた足を机の上に戻して笑う。美卯も、椅子の背もたれをぐっと倒して、力なく笑った。

「重力からの解放〜って感じ！」

「わかります」

篤臣と同じ姿勢でくつろぎながら、美卯は頭をポリポリ搔《か》いて詫《わ》びた。

「ゴメン。反省してる。休みなしでやっちゃって、みんな疲れたわよね」

「まあ、実際、そこはかなり」

嘘《うそ》をついても仕方がないので、篤臣は正直に、それでも軽い調子で認めてみせた。美卯も、肩をすぼめて反省を態度で示す。といっても、両足は机の上なのだが。

「成傷器《せいしようき》はどんな刃物だろうとか、この外傷とこの外傷、一撃多傷だろうか、だとしたら加害者と被害者の位置関係は……とかとか。悩み始めたら止まらなくなっちゃって。その思考の流れを止めたくなかったの」

「それもわかります」

篤臣が相づちを打つと、美卯はちょっと困った顔をした。

「ぶっちゃけ、解剖中は少しも疲労を感じなかったのよね。空腹も。だから、このままいける、いっちゃおう！　って思っちゃって。だけど、それって単純に、緊張感が大きすぎて、他《ほか》の感覚が霞《かす》んでただけだった。今、腹ぺこでヘトヘトだもん」

「俺もですよ。つか、すいません。謝らなきゃいけないのは俺です」

篤臣の言葉に、美卯は意外そうにつぶらな目を瞬《しばたた》いた。

「なんで？」

「鑑定医の美卯さんがテンパってるときは、副手の俺が、代わりに色んなことに気を配らなきゃいけないのに、ただ日和《ひよ》っちゃって。よくなかったなあ。ホントは俺がもっと毅然と、休憩を取るべきだって言わなきゃいけませんでした」

反省する篤臣に、美卯はむしろ心外そうに言い返した。

「そんなことないわよ。解剖室の中のことに全責任を負うのは、鑑定医の務めなんだから」

「うーん、でも」

「でもじゃなーい。そこは甘やかさないで。反省も大事な学びの機会だから。次からどんな案件でも、適切な小休止を忘れない」

キッパリそう言った美卯に、篤臣も実は負けず嫌いの素顔を覗《のぞ》かせる。

「じゃあ俺も、反省して学びます。先輩が間違ってると思ったときは、ちゃんと指摘する」

「オッケー、じゃあ、お互い反省ってことで、お疲れ様でした」

ニッと笑ってそう言い、美卯は篤臣のほうに手を差し出す。

「お疲れ様でした！」

互いの手のひらを軽く打ち合わせ、篤臣はほうっと溜《た》め息をついた。

「なんとなくまとまったところで、昼飯食いましょうか」

すると美卯は、うーんと伸びをして応じた。

「もうちょっと休んでから、買いに行くわ。コンビニに、何か残ってるといいんだけど。ちょうど、夕方の入荷前よね。おにぎりくらいはあるかな」

「何かはあるでしょ。ていうか、よかったらですけど、俺の弁当をつまみません？」

篤臣の提案に、美卯は目をパチクリさせる。

「永福君のお弁当を？　嬉《うれ》しいけど、悪いわよ。せっかく作ったんだから、永福君がしっかり食べて」

するとと篤臣は、照れ笑いしてこう言った。

「いや、今日の弁当、ちょっと量が多いんですよ。冷蔵庫を空っぽにしたくて、つい張りきりすぎちゃって」

「冷蔵庫を空っぽに？　どうして……あっ、そうか！　明日からだっけ」

「そうなんです」

美卯は机の上のカレンダーに目をやり、ふふっと笑った。

「働き方改革さまさまよね」

「確かに」

しみじみと篤臣も同意した。

もとより就業規定などあってなきがごとしというのが勤務医であり、法医学教室の面々にはさらに、「司法解剖はいつ発生するかわからないし、医師は三人しかいない」という如何《いかん》ともしがたい事情がある。

これまでは、「休日であろうと半日は待機が当たり前、予定していた休暇が直前に消滅しても諦めろ」というのが暗黙の了解だったのだが、昨今、医科大学でもようやく、スタッフの働き方改革に取り組み始めた。

もとより、いささかワーカホリックな部下たちを案じていたらしい城北教授も、いい機会だからと、みんなが交代できちんと休める体制づくりに乗り出したのである。

無論、警察に捜査本部が立つような大きな事件が起きてしまったときは、週末であろうが祝日であろうが問答無用で全員が解剖室に駆けつけなくてはならない。

だが、そうでないときは、週末は基本的に司法解剖は入れず、やむを得ずやらねばならないときも当番医以外のメンバーは必要がなければ参加しないこと、有給休暇は毎年きちんと消化することと、今年の春先、城北教授は美卯と篤臣に言い渡した。

それまでは、夏休み以外の休暇などほぼ取ったことがなかった篤臣だが、今年は思いきって江南《えなみ》とスケジュールを揃《そろ》え、三日間の有給休暇を取ることにした。

二泊三日の旅行に出かけ、週末で体調を整えて、週明けからリフレッシュして再び仕事に戻るという算段だ。

「それにしても」

美卯はクスクスと笑った。

「温泉にでも行くのかと思ったら、わざわざ日帰り圏内のテーマパークに泊まりがけで行くなんて」

そんな指摘に、篤臣はたちまち慌てた様子で弁解を試みた。

「行き先を決めたのは江南ですよ！　俺は渋ったのに、あいつがどうしても……って」

「どうしても、何？　何か興味のあるアトラクションでも？」

「あー……それはまあ、色々あるみたいですけど。あ、そんなわけなんで、弁当、一緒に食いましょうよ」

　曖昧に言葉を濁した篤臣は机から足を下ろし、ウエットティッシュでやけに忙しなく天板を拭いた。そうしておいてから、バッグから取り出した弁当包みを机の上で開く。

　いつもの弁当箱より大きな密封容器の中には、なるほど、作りすぎたという言葉が誇張でない程度にはたっぷりの、見るからに具だくさんなサンドイッチが詰まっていた。

「美味《おい》しそう！」

　美卯もきちんと座り直し、興味津々で弁当を覗き込む。

「でも、二泊三日なら、そんなにムキになって冷蔵庫を空っぽにしなくてもよくない？　腐るものばかりじゃないでしょ」

　いかにもな美卯の疑問に、篤臣は苦笑いで答える。

「勿論《もちろん》そうなんですけど、冷蔵庫の中に食材があると、旅行から帰るなり気になるんですよ。早く料理しなきゃって」

「あー、わからないでもない」

「そのプレッシャーが嫌で。週明けまで料理はしないぞ、仕事も家事もバシッと休むぞって今回は決めたんで、ここ一週間ほど、あえての冷蔵庫の中身一掃キャンペーン開催中だったんです。今日の弁当が、その集大成」

「今日の晩ごはんは？」

「江南と待ち合わせて、外で食う約束なんです」

「徹底してるわね。でも、休みのあいだ、家事はしないって、永福君にしては珍しい決心じゃない？　どっちかっていうと、『休みだ、家を綺麗にしよう！』とか言ってるイメージ」

「そこまでじゃないですよ。自宅でも働き方改革ってやつです」

照れ笑いした篤臣は、ようやく痺《しび》れと痛みが薄らいだ足を再びスリッパに突っ込み、席を立った。

そして冷蔵庫から緑茶とペットボトルを、戸棚からケーキ皿を一枚、それに自分と美卯のマグカップを取り出して、すべてを抱えるようにして戻ってきた。

「あっ、ありがとう！　気が利く～」

「俺もやっとお茶が飲みたい気分になってきたんで」

「わかる。体力気力が底値になると、水分摂取すら面倒くさくなるわよね。よーし、後輩をねぎらって、せめて注ぐのは私がしましょう！」

美卯が冗談交じりにそんなことを言ってペットボトルを引き受けたので、篤臣はウエットティッシュをもう一枚出して自分の手を拭いてから、弁当箱のサンドイッチをきっかけ半分に分けた。自分の分はそのまま残し、美卯の分をケーキ皿に盛りつける。

「あら、そんなにもらっちゃっていいの？」

「勿論。お互い死ぬほど働いたんだし、がっつり食ってくださいよ。正直なところ、俺は、夜に外食するために、ちょっと軽くしときたいですし」

「あ、なるほどね。そういうことなら、遠慮なくご馳走《ちそう》になっちゃう」

篤臣が差し出したウエットティッシュで美卯が手を拭いてから、二人は同時に「いただきます！」と声を上げた。

冷蔵庫の中身一掃の仕上げとあって、サンドイッチのメイン具材は、中途半端に残った野菜や茸《きのこ》、ソーセージの類を刻んでたっぷり入れ込み焼き上げた、分厚いオムレツだった。

それに、あるものにはオーロラソースと千切りキャベツやレタスを、またあるものにはきんぴらごぼうを添えて、トーストした薄切りの食パンに挟んである。

篤臣の、食材使い切りに対する執念すら感じる構成だ。

「食パンはたくさんあったの？」

「うっかり、毎週お店に取り置きを頼んでいるのを、一回分キャンセルするのを忘れちゃって」

「それでこんなに豪勢に使ったのね。うわ、美味しい。オムレツ、滅茶苦茶具だくさんじやない」

「結果として、そうなっちゃいましたね」

「味付けも、優しい甘さがあっていい感じ。このソースって、手作り？」

ビックリするほど大きな口を開けてサンドイッチに齧《かじ》りついた美卯は、もぐもぐと咀《そ》嚼《しゃく》しながら、飲み下すのを待ちきれない様子で感想を口にした。

「手作りってほどのもんじゃないですよ。マヨとケチャップを混ぜるだけなんで。オーロラソースとか言うらしいですよ」

「へえ。オーロラソースって、なんかオシャレな名前」

「もともとはもっとちゃんとした作り方があるフランスのソースらしいですけど、俺が母親から習ったのはこれです。炒《いた》め揚げみたいにした海老《えび》にかけても旨《うま》いですよ」

説明しながら、篤臣もサンドイッチを頬張った。

ニンジン、タマネギ、ピーマン、しめじ、いんげん、コーン……少々冷凍庫からも食材を足し、色々なものを少しずつ入れ込んだおかげで、偶然の産物とも言うべき豊かな味わいが生まれている。

肉も、ベーコンやおつまみ用のソーセージの残り、ちりめんじゃこなどを適当に寄せ集めて入れたのが、かえっていい調和を生んだのかもしれない。

「でも、マヨとケチャップにしては、なんだか後味がスッキリしている感じ」

小首を傾《かし》げる美卯に、篤臣はちょっと嬉しそうな顔をした。

「マジですか！　だったら成功かも。少しだけ、柚子胡椒《ゆずこしょう》を入れたんです。本当に少しですけど」

美卯は、サンドイッチを口に押し込み、空いた手をポンと打った。

「あー、なるほど、柚子胡椒！　言われないとわからないけど、そうか、それでソースの味がどこかキリッとしてるのね」

そんな美卯の感想に、篤臣はしてやったりの笑みを浮かべる。

「そう言ってもらえたら、狙いどおりだから嬉しいな。江南の奴、お子様味覚なんで、わかるくらい入れると嫌がられちゃうんですよ。だからさじ加減、けっこう気を使ったんです」

早くも次のサンドイッチを手に取った美卯は、ニヤッと意地悪く笑って篤臣をからかう。

「はいはい、ダブルの意味でご馳走様」

「や、そういうわけじゃなくて！　マジで事実……」

「そうでしょうとも。ってか、江南君も同じお弁当？」

「ええ。そうだ、あいつももう食ったかな」

篤臣は机の片隅で充電中だったスマートホンを取り、ふふっと笑って美卯に画面を差し出した。どれどれと覗き込むなり、美卯は噴き出す。

画面には、サンドイッチを頬張る江南の自撮り写真と共に、「最終あり合わせでこない旨いサンドイッチ作るて、お前は天才やな!」というメッセージが映し出されていたのである。

「たちまちトリプルでご馳走様になっちゃった。でも、メッセージの発信時刻を見る限り、江南君もさっき食べたばっかりね。彼、これと同じ量をひとりで? それこそ、晩ごはんまでにお腹が空くのかしら」

「あいつは大丈夫ですよ。十代かよってくらい食いますからね、まだ」

「育ち盛りか!」

「育つほどエネルギーが残らないんじゃないですかね、あんだけしゃかりきに働いてりゃ」

「ああ、そっか。そのくらい食べないと、消化器外科のドクターは務まらないかぁ」

そうそう、と篤臣が同意するより早く、少し離れた場所から、気取った男の声が聞こえた。

「同じ消化器でも、内科医ならもっとエレガントに生きられるものを。厄介な男を旦那に持ったもんだな」

声の主の正体については、姿を確認するまでもない。

「うるせえ! 職業選択の自由だろ! それに、別に俺はあいつの職業に……」

元気よく言い返し始めたものの、たちまち口ごもる篤臣に、声の主……消化器内科の医師、楢崎《ならさき》千里《ちさと》は、見るからに皮肉屋っぽい眉を片方だけ器用に上げた。

「あいつの職業に惚《ほ》れたわけじゃない、と。わかりきった台詞《せりふ》をわざわざ俺に言わせて補完するとは、お前も意外と人が悪いな、永福」

病院支給ではない、自腹購入が明らかなダブルの高級白衣といい、その襟から覗く、首周りがジャストフィットなワイシャツと毎度オシャレなネクタイといい、これ見よがしに（本人はただの実用的な着用法だと言い張るが）首に引っかけた、これまた高そうな聴診器といい、気障《きざ》な言動といい、実用的でありながらデザイン性の高さを見せつけるような眼鏡《めがね》といい（これは篤臣の偏見かもしれない）、実に全身全霊でイヤミな同級生なのだが、そのくせ医療については真摯で、患者には意外なほど手篤《てあつ》い仕事ぶりを見せる。

加えて篤臣にとって、楢崎は虫垂炎で大ピンチだったところを救ってくれた命の恩人でもあり、いつものエッジの効いたべらんめえ口調も、楢崎に対しては多少鈍くなるというものだ。

「そ、そ、そんなつもりじゃねえよ」

「そうなのか？　なら、俺が勝手なサービスをしてしまったわけだ。何しろ、行き届いた主治医だと、病棟では評判が高いものでな」

涼しい顔で嘯《うそぶ》きながら二人のそばにやってきた楢崎は、より近くにいる篤臣の頭越しに、美卯に大判の封筒を差し出した。

「うちの教授《プロフェッサー》から、城北先生に必ずお渡しいただきたいと。教室の外のボードを見る限り、先生はご不在のようですから、お預けしても？」

「あら、何かしら」

慌てて手を拭《ふ》いて封筒を受け取りながら、美卯は軽く首を傾げる。

「たぶん、教授連の密会用参考書類じゃないですかね。血液内科の教授選が近づいてきましたし」

「あー、政治かあ。臨床は毎度、ドラマみたいに大変ね。確かにお預かりしました。うちの大将は、今日はよそで講義だから、夕方に戻ってこられたら必ず渡すわ」

美卯はそう言って、封筒をすぐに鍵付きの引き出しに放り込む。

「そういうお使いは、美卯さんじゃなくて後輩の俺に頼めよ」

不服そうに口を尖《とが》らせる篤臣を、「俺の信頼度の問題だ」と軽くいなして、楢崎は机の上の弁当箱を覗き込んだ。

「信頼度って！」

「いくら基礎の医者だからって、自宅で虫垂炎で動けなくなるような奴を信頼できるか」

「んぐ」

「おっ、今日はサンドイッチか。相変わらず旨そうな弁当を作るな、お前は。どこまでも甲斐甲斐《かいがい》しくて、頭が下がるよ」

「あ、ちょ」

篤臣が阻止する間もなく、楢崎はサンドイッチをひときれ、これまた手入れの行き届いた指先でヒョイとつまみ上げると、口に運んだ。

「うん、素朴だが、実に旨い。こういうのは、どれほど探しても金を積んでも、絶対に店では食えない味だ。江南の奴が気づいているかどうかは知らんが、幸運な男だな」

「え……?」

てっきり、質素なあり合わせサンドイッチを貶《けな》されると思い込んでいた篤臣は、楢崎の意外な賛辞にキョトンとしてしまう。

その顔つきに、楢崎はむしろ怪訝《けげん》そうな顔をした。

「なんだ、褒められるのは心外か?」

「や、そういうわけじゃねえけど、お前、美食家ってイメージだから」

「美食は金で買えるが、素人の家庭料理はそうはいかん。むしろ価値あるものだし、それが旨ければ当然褒めるだろう」

「へ、へえ」

美卯は、同級生二人のやりとりを、ニコニコしながら見守っている。楢崎が学位論文のための実験をするため、法医学教室に通うようになってから、美卯のお姉さん的なスタンスは少しも変わらない。

「そういうの、楢崎君のいいところよね。でも、ほんとにこのサンドイッチ、美味しいわよ。こんなのをいつも食べられる江南君は、世界で指折りに幸せよね。羨ましい」

「俺もそう思います。特に羨ましくはありませんが」

半分だけ美卯に同意しつつ、楢崎は空いた椅子を引き寄せ、腰を下ろした。お使いだけでなく、ここでしばらく暇を潰していくつもりらしい。

褒められて気をよくした篤臣は、密封容器を楢崎に差し出した。

「なんなら、もう一切れ食えば？　てか、お前、昼飯は？」

「お前の旦那のオペに入っていて、タイミングを逸してな。夜は会食の約束があるから、医局で饅頭《まんじゅう》をつまんできたところだ」

「饅頭で昼飯を済ませようとするなよ。ほら、マジでもう一切れ食っとけ」

「ありがとう。お前のそういうところなんだろうな、江南がぞっこんなのは」

「うるせえ。それにしても、お前もオペに入ることなんかあるんだな」

照れながらも興味を示す篤臣に、楢崎は遠慮なく二切れ目のサンドイッチを頬張りながら答えた。

「入ったところで何ができるわけでもないし、全身麻酔で眠っている患者本人は、俺がいることなど知りもしないんだが、まあ、見守るだけでもと思ってな。もとは俺の患者だから。外科に回すとき、是非にと希望して、江南に主治医になってもらったんだ。あいつの醸し出す謎の安心感のおかげで、怖がっていたオペに挑む決心がついたらしい」

当たり前のようにそんなことを言う楢崎に、篤臣は素直な尊敬の眼差《まなざ》しを向ける。

「患者さんの評判がいいっての、お前のそういうさりげなくマメなとこだよな」

「何を言うやら。給料分の仕事をしているだけだ」

ずれてもいない眼鏡を押し上げる仕草は、楢崎の、どこまでも気障な照れ隠しである。

さらにからかってやろうと篤臣が再び口を開きかけたとき、サンドイッチを飲み下した楢崎はさりげなく言った。

「ああ、旅行の土産は、そう張りきらなくていいぞ。例の……なんだったか、そう、チョコクランチが妥当なところだ。使いようのないキャラクターグッズやら人形やらを貰《もら》っても困るだけだから、他愛ない消えもので頼む。次善の候補はクッキーかおかきだな」

「待て待て、なんでお前にまで土産を買う前提なんだよ！　てか、なんで知ってるんだ？」

「何故って、こうして共に飯を食う関係性の同級生で、一応、身内だろう。つれないな」

「まあ、通いの研究者ってとこでは身内かもしれねえけど！　いや、マジでなんで、俺が旅行に行くって知って……あ、江南？」

世界一くだらない質問をされた教師のような顰《しか》めっ面で、楢崎は顎を小さく上下させる。

「他に誰がいる。オペ室の更衣室で顔を合わせてからずっと、お前とテーマパークに旅行する話を、それはもう浮かれた調子で聞かされたぞ」

「あいつ……！」

その光景が容易に想像できて、篤臣は思わず天井を仰いだ。

同級生二人の会話を楽しそうに聞いていた美卯も、そこで思い出したように割って入る。

「そうそう、さっきサンドイッチで誤魔化されちゃったけど、なんで江南君、そんなに猛烈にテーマパーク推しなの？」

まずいところに話題が戻ってきてしまったと篤臣は臍《ほぞ》をかんだが、あとの祭りである。

さっきならば美卯ひとりに告白すればよかったものを、今は怜悧《れいり》な目に好奇心を漲《みなぎ》らせた楢崎までいる。

最悪のシチュエーションだが、この二人に追及されて、逃げおおせる可能性などありはしない。

観念して、篤臣は消え入るような声で白状した。

「その……まあ理由は単純に楽しいからとか色々あるんですけど、一つには、江南の奴が、園内で売ってる、あのなんていうか、客がこぞってつけてる頭に嵌《は》めるこう……こう」

「カチューシャ的な？　それとも帽子かな」

「そう。ああいうのをお揃いでつけたいとか言い出して。俺は！　勿論俺は嫌だって言ってるんですけど、あいつ、言い出したらきかないから。『園内ではみんなやっとる！　誰も他人のことなんか気にせえへん！』って……」

ぶふうっ、と美卯と楢崎の口から奇妙な声が漏れた。

全力で笑いをこらえようとして失敗する二人の様子に、篤臣はふて腐れてみずから告白を追加する。

「ついでに言っちゃいますけど、日帰り圏内なのにわざわざホテルに泊まるのは、所帯を持つ前に同じテーマパークに行って、開場から閉園までガッツリ遊んだ帰り、すし詰めの電車に揺られるうちに滅茶苦茶気持ちが荒んで、大げんかになったことがあるからです」

グッ、とまたしてもくぐもった笑い声を上げ、俯《うつむ》いたままで美卯は片手を軽く上げ、理解を示す。

楢崎は、まだ口角を微妙に上げたまま、哲学者のような厳かな口ぶりで言った。

「デートにおける悲劇の定番だな。お前たちのようなバカップルにすら起こったか」

篤臣は、恥ずかしそうに頷《うなず》く。

「なんかこう、疲れがピークを越えたときに満員電車に乗ると、それまで夢みたいに楽しかったのに、急に現実の残酷さを痛感させられるだろ。余裕がなさすぎて、疲れ果てた子供の泣き声にすら神経がザクザクに尖ったりしてさ」

「理解できる。だが、子供にあたるわけにはいけないから、パートナーにその苛立《いらだ》ちを向けてしまうんだな」

「そういうことなのかな。お前も経験ある？」

「したことはない。されたことはある」

「へいへい。俺が未熟でした。けど、ああいうときでも江南は体力オバケだから余裕でさ。あからさまにヘトヘトな俺の荷物を持ってくれようとしたりして、それにまた向かっ腹が立ったりしたんだよ」

「同じ男として屈辱だ、とでも？」

「そこまでじゃねえけど、『これ見よがしに余裕見せてんじゃねえよ！』とか八つ当たりしちゃって、あいつも今ほど心が広くなかったから、『人の親切をそない悪う解釈せんでもええやろが！』って応戦してきちゃって、電車を降りた直後、駅のホームで二人してガチ切れ。どんどんエスカレートして、きっとずいぶん派手な口げんかになってたと思う」

「周囲にいた人たちに大迷惑だな。誘爆したカップルもいたかもしれんぞ」

篤臣はションボリと肩を落とす。

「そこはマジで反省してる。公共の場でやることじゃなかったよ。そこでけんか別れした挙げ句、しばらく険悪でさ。せっかく楽しく過ごしたはずの記憶はまるっと吹っ飛んで、最後の凄《すご》く嫌な気分ばっかり残って。今回の旅行は、その悪い思い出を払拭するためってところもあるんだよ」

「なるほど。同じ轍《てつ》を踏まないように、ホテル宿泊か。賢明だな。どのホテルだ？」

「江南が勝手に決めてきたんだけど……」

篤臣が告げた宿の名に、楢崎は「ああ」と訳知り顔で頷いた。

「パーク内にある、いいホテルだな。早めに部屋に帰って、バルコニーから最後のパレードや花火を見るという選択肢もあるぞ」

「えっ、そんなかっこいいこと、できるのか？」

「できるとも。それが醍醐味《だいごみ》の宿だ。セレブ気分が味わえるから、これまで連れていった女性で喜ばなかった人はいなかったぞ」

すかさず繰り出された自慢話に、美卯はちょっと嫌な顔で眉をひそめる。

「はいはい、モテモテのドクターは、さすが手慣れてらっしゃる。でも、それって確かに性別関係なく憧れるわよね。雑踏にまみれて場所取りをしなくても、上から優雅に、しかもそこに泊まらないと見えない角度からパレードが見られるんだもの」

「ええ。舞台公演をバルコニー席から見ているようで、悪くないですよ。キャラクターたちも心得ていて、ちゃんと宿泊客に向かって手を振ってくれますしね」

「わー。それは体験しとくべきじゃない？　永福君たちも」

「あ、ああ、まあ。うーん」

篤臣は何故か急に曖昧な返事をする。

「何よ、その鈍い反応。パレード、興味ないの?」

篤臣は慌てて片手を振り、やはり鈍い口調で答えた。

「あります。ありますけど、たぶんそういうの、江南が調べてあれこれ考えて、俺を驚かせようとか思ってそうなので、知らなかったほうがよかったかな、とか。その、あいつ、サプライズとかアニバーサリーとかが大好きなんですよね。だから、俺が『ああそれ知ってる』ってなると、いっそ面白いくらいテンションがガタ落ちするんで、その話、全力で忘れたほうがいいかもと思ってました」

「わははは! 江南君っぽいーー!」

学生時代から二人のことを知っている美卯は机を叩《たた》いて大受けし、楢崎は、意外にも腕組みしてうむうむと頷いた。

「アニバーサリーとサプライズは、男の甲斐性だろう。大いに同意するところだ」

「えっマジで? いや、それは主語がでかすぎじゃないか? 俺は特に興味ないぞ、その辺りのことには」

驚く篤臣に、楢崎は冷静に言い返す。

「だから『嫁』として、自称旦那の江南と相性がいいんじゃないか? まあ、この際、性別はどうでもいいか。記念日やその手のサプライズがたまらなく好きな人類は、確実に存在する。それだけのことだ」

「そういうもんか……」

「せいぜい、乗ってやれ。お前の驚く顔一つで江南が幸せになるなら、安いものだろう。俺もこれ以上、有益な前情報をお前に与えるのはやめにしよう。まだいくつかあるんだが、それはあとで江南に言っておく」

「お手柔らかに頼むよ。俺、終日ビックリさせられてばっかりはちょっと」

「ははは、それもまたいい思い出になるだろう。さて、と。そろそろ回診の時間だな」

楢崎は立ち上がると、三切れ目のサンドイッチを取り、空いたほうの手を軽く上げた。

「最後の一切れは、情報代として貰っていく。休暇、楽しんでこいよ。城北先生へのお渡し物、よろしくお願いします」

「お、おう」

「確かにお預かりしました！　お帰りになってお渡ししたら、城北先生に、そちらのボスに連絡を入れてもらうわ」

「ありがとうございます。では、失敬」

もぐもぐとサンドイッチを頬張りながら、楢崎はセミナー室から、入ってきたとき同様、驚くほど静かに出ていった。

褒め言葉はお世辞などではなく、本当に、篤臣のあり合わせサンドイッチが気に入ったらしい。

「なんか、あいつの食生活も、見た目ほどハッピーじゃないのかな」

「っていうか、こういうお袋の味的なものに対する憧れっていうか、懐かしみがあるんじゃない?」

「お袋の味って」

「永福君の料理って、現実的なんだもの。小綺麗だし美味しいけど、あるもので無理なく作ってるっていうか。そりゃ、毎日作るんだから、無理じゃなくても大変だとは思うけど」

「大変ですけど、自分の好みの味つけで、自分が食いたいものを作れるんだから、悪くないですけどね。ま、たまには……いや、わりとしょっちゅう、江南の食いたいものが優先されはしますけど。あいつ、肉がないと心が死ぬので」

「うう、謎のご馳走様三昧。ほんと、江南君は自分の置かれた環境の幸福度をもっと痛感すべきだわ」

「いやいや、もう十分……」

「まだ足りませーん。はあ、こんな美味しいサンドイッチを当たり前みたいに食べるなんて、罰当たりな子! いや、感謝はしてたか。そこはさすがの愛妻家よね」

最後のサンドイッチを口に押し込み、名残惜しそうに味わいながら、美卯はしみじみと言った。

「仕事のことは、城北先生と私に任せて、パーッと遊んでらっしゃいよ。日帰り圏内なんだから、事件が起こっても、駆けつけようなんて考えないで。来ても追い返すからね！」

「ありがとうございます」

「あっ、私もお土産はチョコクランチがいい。ペン立てにしたいから、細長い缶に入ってるやつ！」

「……わかりました」

ありがたい思いやりのあと、美卯にまでちゃっかりお土産の催促をされ、篤臣はスマートホンの電源を入れ、カレンダーに「チョコクランチ×2」と打ち込んだ……。


「ウッ」

寝室で、腰かけていたベッドから立ち上がった瞬間、篤臣は軽い苦悶《くもん》の声を上げる。

こちらはベッドの上に胡座《あぐら》をかいて、真ん前にスーツケースを広げている江南は、不思議そうに声をかけた。

「どないした？　腰でも傷めたん違うやろな」

「違う違う。立った瞬間に腹がずしっと重くて、晩飯食いすぎたな～って思っただけ」

「そうかぁ？」

「お前の胃袋と俺のを一緒にすんな。容量が全然違うんだよ」

とぼけた顔のパートナーにちょっと悔しそうに言い返し、篤臣はクローゼットを開けた。

「特に知りたくはないけど、準備の都合上、必要に迫られたから訊《き》く」

「あ？　なんや？」

「ドレスアップの機会なんかはありそうか？」

遠回しに、「ホテルでゴージャスなディナーなどは予定しているか」と問いかけた篤臣に、江南はニッと笑って言い返した。

「そういうんもええなあとは思うたんやけど」

「ど？」

「遊んでくたびれて宿に戻って、いちいち正装して飯食うんはさすがに面倒臭いやろ。少なくとも、俺は無理や」

江南の返事に、篤臣はホッと胸を撫《な》で下ろした。

「お前も成長したなあ！　俺も無理。よかった。ほんじゃ、二泊分の晩飯は……」

「パーク内の、ちょいよさげなレストランに予約入れた。一つはショーを見ながら食えるとこで、もう一つは、雰囲気のええとこや。ま、詳細は行ってのお楽しみやな」

やはり、若干のサプライズは入れ込みたいらしき江南の説明に、篤臣は笑顔で「わかった」と頷いた。

「そんじゃ、いい服は持っていかなくていいな。荷物が減ってありがたいよ」

「たったの二泊三日やろ？　パンツ二枚、靴下二足あったらええん違うんか？　汗だくになるような季節でもないし」

「いやいやいや。学生のキャンプだって、一着くらい着替えは入れてくだろ。ちゃんと着替えろよ」

「めんどいな」

「面倒くさくない！　カートを引いてって、パークで遊ぶ前に宿に預けたら部屋まで運んどいてくれるんだから、楽なもんじゃねえか。帰りだって、重くなったら宿から送ればいいんだし」

「まあ、それもそうか。ほなお前、毎日違う服着るんか？」

「そのつもりだよ。何で汚れるかわかんないだろ、テーマパークなんて。水とか被《かぶ》るかもだし」

「はー、なるほど。一理あるな」

「一理どころか、二理も三理もあるよ！　記念写真の自撮り、お前だけドロドロの服で写るとか嫌だろ？」

「それは嫌やな！」

「だったら、怠けずにちゃんと着替えは詰めろ。逆に、他に要るものなんて、ほとんどないんだからさ。医者なんだから、私生活でも清潔を心がけろっつの」

軽い小言を言いながら、篤臣はクローゼットから選び出した自分の服を腕に掛け、再びベッドの端っこに腰を下ろした。

「へいへい。ほな、お前のその服に合うようなやつをいっちょ選んだろか」

そう言ってベッドから下りた江南もまた、みぞおちを押さえて「ウッ」と言った。

篤臣は、ベッドの上で服を小さく畳みながら、クスクス笑う。

「な？　胃袋にズシッときただろ？」

「来たわ」

江南は軽く驚いた様子で、咄嗟《とっさ》にみぞおちにあてがった手で、その辺りを服越しに撫でさすった。

「町中華、侮れんな」

「学生時代みたいには、さすがのお前も食えなかったな」

感心する江南に、篤臣はちょっとおかしそうにそう言った。

江南の仕事が終わるのを待ち、二人が向かったのは、K医科大学近くにある、昔ながらの大衆中華料理店、いわゆる町中華だった。

老夫婦が二人で切り盛りするこの店は、昔から、医大の学生やスタッフの胃袋を支え続けてきた。勿論、大学病院への出前も請け負っているので、江南にとっては、学生時代も、医師になってからも、お馴染《なじ》みの味である。

一方の篤臣は、昼は江南の弁当を作るついでに自分のも作って持参するし、夜は帰宅して自宅で夕食を作るので、店で中華料理を食べる機会がほとんどない。

「たまには、学生時代を思い出したい」という篤臣のリクエストで店を決めたところ、学生時代、江南とよく店を訪れていた篤臣のことを店主夫婦が覚えており、再会を喜んで、必要以上に盛りをよくしてくれたのである。

「ホントはもっと色々食べたかったのに、ニンニク抜き餃子《ギョウザ》、チャーハン、酢豚で限界が来ちゃったもんな」

「ほんまに。おっちゃんとおばちゃんの気持ちやからありがたいこっちゃけど、さすがに残さんと平らげるんは骨やったわ。けど、出前より、やっぱしできたて熱々は旨かった」

「うん。マジで学生時代のあれこれを思い出す味だった。酢豚の肉とか最後に残った餃子とか、よく取り合いしたっけな」

懐かしそうに笑う篤臣を、江南はちょっと眩《まぶ》しげに目を細めて見た。

「取り合い言うても、たいがい俺に譲ってくれよったし、そうでのうてもジャンケンで平和的に決めとったやないか」

「当たり前だろ。そこで戦うとか、大学生なのに恥ずかしすぎる。けど、ああいうの、楽しかったたな。安くて旨いもんを腹いっぱい食って、くだらねえ話ばっかりして。いやまあ、今だってそんなに実のある話をしてるわけじゃないけどさ」

江南は、篤臣と半分ずつ分けて使っている寝室の大きなクローゼットの前に立ち、ロングスリーブの、お気に入りのバンドのツアーシャツをハンガーごと取り出して自分の身体に当ててみせた。

「実のある話って、どんなんやろな。……それはそうと、このシャツどないや？　久しぶりに着てみようかと思うんやけど」

ハードロックバンドのロゴが胸元に躍るやんちゃなシャツに、篤臣は噴き出した。

「それ、学生時代、お前が行きたいって言ったからつきあった、アメリカかどっかのバンドのツアーTだろ。覚えてるよ。よく置いてあったな、そんなの」

「そやそや。闇歴史塗り替え旅行には、いっそ昔の服がふさわしいいん違うかと思うて。バンド自体は、まだめっちゃ好きやねんで？　お前と行った来日ライブの記念品みたいなもんやし、捨てるなんちゅう選択肢はあれへん」

そう言って胸を張る江南の顔に、昔の彼のもっと片肘張って粋がっていた頃の顔のイメージが重なり、篤臣は懐かしさに胸がギュッとなるのを感じた。

「確かに、そのシャツを見るなり、狭くてタバコ臭かった昔のライブハウスを思い出したし、客席がギチギチだったことも思い出したたし……」

「おう、そやったな」

「ライブが始まるなり、お前がノリノリで踊りながらどんどん前に行っちゃって、俺、曲を知らないから乗り損なって置き去りだし、爆音で耳がボエーンってなっちゃうし、結局、リタイヤしてロビーで待ってたんだっけか」

「うっ。そ、そやったか」

「うん、そうだ。思い出した。そんで……ああうん、お前が記念にって買ったそのシャツ、当時つきあってた女の子にもお揃いのをお土産に買って……」

「あああ！　なし！　このシャツはなしや！」

篤臣の記憶がろくでもないエリアに到達したのに気づき、江南は大慌てでシャツをクローゼットに投げ込む。

「こら、ちゃんとハンガーを掛けろ。別に、そんな昔のことでヤキモチ焼いたりしねえよ。着たけりゃ着ればいいじゃん。昔も似合ってたけど、今でもちゃんと似合うよ。さすがに、仕事には着ていけないんだし」

「いや、アカン。俺とお前以外の奴の記憶が絡まった服はアカン。お前がようても、俺がアカン」

「変なとこ気を遣う奴だな」

「俺はデリカシーのある男やからな！　ほな、これはどや？」

次に江南が胸に当ててみせたのは、カジュアルだが仕立てのいいネルシャツだった。秋の行楽には格好の、オレンジ系のチェック柄である。

「いいね、俺、それ好き」

「ほな、これにするか。お前のさっきのシャツともええ感じに調和しそうやったしな」

「調和って、そんなのいちいち気にしなくても、好きなもん着ればいいだろ？」

「そうはいかん。記念の自撮りは一生見返すもんやし、やっぱり二人の絆《きずな》が感じられたほうがええに決まっとる」

「絆って、そんな大袈裟《おおげさ》な」

「リンクコーデとか、世の中では言うやないか」

「ああ、各国の王族とか宮様がよくやってらっしゃる感じの……」

「そやそや。さりげなく、同時に強い絆を感じさせるコーデっちゅうんに、俺は憧れとるんや。このシャツでいえば、チェックのここんとこのブラウンが、お前のシャツとよう似た色やろ」

篤臣は畳んだばかりの自分のシャツをしげしげと見下ろし、引き気味に同意した。

「まあ……そうかな。なるほど、リンクコーデ……」

「俺はガチの全身ペアルックでも平気やけど、お前は嫌やろ？」

「当たり前だろ！　嫌どころの騒ぎじゃねえよ！　お前が言ってた、おそろのアイテムを身につけるとかも、まだ抵抗感バリバリなんだからな！」

昼間、美卯が言っていた、テーマパークのシンボルキャラクターの大きな耳をつけたカチューシャを両手で示し、篤臣は全力の「嫌そうな顔」で訴える。

だが江南は、とことことベッドに戻り、シャツに合わせて選んだチノパンと共に、意外なほど服を丁寧に畳みながら、きっぱりと言いきった。

「いや、そこはやる。絶対、誰も気にしてへんから。心配すんなや」

「心配してるんじゃなくて、渋ってんだよ」

「俺が一生の頼みや言うてもか？」

「何度目の一生の頼みなんだか！」

「一生の頼みは、『一生、効果が持続するような頼みごと』のことやろから、特に矛盾はしてへんやろ。お前とお揃いの耳つけて撮った写真、俺は今際の際まで眺め続けるで」

「その宣言、心の底から要らねえわ。……ったく。けどまあ、お前が言い出したら引かないのは知ってるし、全身ペアルックを自発的に諦めてリンクコーデに落ちついたところは、成長したなって褒めるべきかもな」

「その認識、長年江南とつきあったせいで、すっかりおかしなチューニングになってしまっているぞ」と、ここに楢崎がいれば、シニカルに突っ込みを入れてくれたことだろう。

だが幸か不幸か、寝室にいるのは当事者二人だけである。

江南は、誇らしげに胸元を叩いた。

「俺も、名実共に旦那として飛躍的な成長を遂げたっちゅうわけや」

「飛躍的かどうかはだいぶ疑問があるけど、まあ……まあ、いいか。けど、嫌だと思ったら、おそろアイテムは即座に外すからな！」

「……そのへんが落とし所やろなあ」

いかにも妥協しましたと言わんばかりの大袈裟な仕草で肩を竦《すく》めてみせて、江南はスーツケースに服を詰めた。

「ほい、お前のんも」

「おう。お前、洋服は昔から丁寧に扱うなあ」

篤臣が重ねて差し出した服を、やはり両手で受け取り、自分の服の上に詰めながら、江南はこともなげに応じた。

「学生時代は、分不相応に着道楽やったからな。バイト代、ほとんど服に行っとった。今は全然そんな感じやのうなったけど、それでも好きで買《こ》うた服ばっかしやから、できるだけ長《なご》う着たいやないか」

「わかる」

「それに、たいていお前が洗濯してくれるから、それだけでも、大事に扱わなアカンて思うで」

「洗濯機を回すくらい、たいしたことじゃねえよ。干すのもリビングでテレビを見ながらとかだし」

「それでも、ホンマは半々にせんとあかん作業やのにな。ありがとうな」

ベッドの上でモゾモゾと正座して、江南は篤臣に深々と頭を下げる。篤臣は、本気の呆《あき》れ顔で手を伸ばし、江南の額をグイと持ち上げた。

「いきなり改まるな！　いいんだよ、働き方改革で、お前もちゃんと帰ってこられるようになったとはいえ、家で過ごす時間はまだまだ俺のほうが長いんだし。俺が家事を負担に感じることがあったら、正直に言うから。そんときはまた一緒に解決策を考えてくれ」

「おう、勿論や」

「今は、楽しんでやってるよ。ここしばらくの冷蔵庫一掃キャンペーンも、ゲームみたいで面白かった。……サンドイッチ、褒めてくれてありがとな」

「お前が作ってくれるもんは、なんでも最高や。今日も、近くにいる奴等に自慢しまくりながら食った」

「お裾分けは？」

「するかい、勿体ない」

「そういうとこだよ……！」

「そういうとこもこういうとこも、お前が俺を想って作ってくれたもんを、他の奴の胃袋に納めるっちゅう選択肢はないやろ」

　元気よく主張して、江南はスーツケースの中身を指さし点検した。

「服入れた、下着入れた、ひととおりの常備薬も一応入れた、雨具も入れた、あと、なんぞ詰めなアカンもん、あったか？」

　篤臣は少し考えてから、かぶりを振った。

「そんだけでいいだろ。どうせ帰りは、お土産を買い込むから荷物がガッと増えるだろうし」

「せやな！　万が一、必要なもんがあっても、宿やらコンビニやらで買えるやろし」

「うん。あ、そうだ、ティーバッグだけちっこい箱で持っていこう。ホテルの部屋って乾くから、熱いお茶を気兼ねなく飲みたい。江南、緑茶とほうじ茶、どっちがいい？」

「ジャスミンティー」

「選択肢にないもんを指定すんな！　つか、ジャスミンティーもあった気がする。キッチン見てくるから、ちょっと待ってろ」

　身軽に立って寝室から出て行った篤臣は、ほどなく片手にティーバッグの詰まった紙箱を持って、キッチンから戻ってきた。

「やっぱりあった、ジャスミンティー。ここんとこ飲んでなかったから、いいかもな」

「おう。俺、この匂いが好きやねん。中華食うたあとやから、余計に惹《ひ》かれるんかもしれんけど」

「なるほど。ま、ホテルの部屋に緑茶のティーバッグはあるだろうから、違うもんを持っていくのも一興だな」

「そやな。さて、ほなら、これで荷造りは終わり……と」

江南はスーツケースを閉じ、ベッドから下ろして、廊下に出した。

「これで、明日起きたら、着替えてスーツケースを持って、即出発できるな。朝イチで向かうだろ?」

なんだかんだ言って、自分もテーマパーク行きが楽しみで仕方がない顔をしている篤臣を、江南はベッドに戻りながら愛おしげに見やった。

「そらそうや。入場チケットも、それぞれのスマホにダウンロードしたし、電車の発車時刻も調べた。逆算してアラームもかけた。明日着る服も決まっとる。朝飯は……」

「場内で並びながら、なんか立ち食いでいいだろ」

気合いの入った篤臣の返事に、江南の目尻には人なつっこい笑いじわが刻まれる。医学生だった頃の尖っていた彼が見たら、即座に憤死しそうな柔らかな笑顔である。

「そやな。水分だけは摂って向かおか」

「うん。それも最悪、駅でペットボトルのお茶でも買えばいいしな。二人で一本飲みきれば、ちょうどいいくらいだろ。あとは場内でなんか買って飲めばいいし」

「おう。なんや、俺の希望に一方的につきあわして悪いなて思うとったけど、お前も楽しみにしてくれとるみたいで、嬉しいわ」

ベッドの上で三度胡座をかいた江南にそう言われて、篤臣は恥ずかしそうに俯きがちに笑った。

「そりゃ、遊びは楽しんだもん勝ちだ。お前があんときの、最後の最後で滅茶苦茶になったデートを悔やんでくれてるの、ちょっと嬉しいし。俺も悔やんでるし。……なんかあのあと、うやむやに仲直りしちゃったから、俺、ちゃんと謝ってないよな。あんときは暴言吐いて、ゴメン」

ベッドに座ったまま、江南のほうに身体をずらして、篤臣は深々と頭を下げる。

だが、江南のほうはポカンとして、視線を小さく彷徨《さまよ》わせた。

「暴言吐いたか？　俺は吐いたけど、お前は俺に言われっぱなしやったん違うか？」

「んなわけねえだろ。俺はそんなにしおらしくねえぞ」

きっぱりと言い放ち、篤臣は決まり悪そうに、当時の自分の「暴言」を口にした。

「仕事バカで普段俺のことをほったらかしにしてるくせに、勝手なときだけ自分の枠に嵌めようとしてんじゃねえよ……って言った、確か」

真面目な顔で耳を傾け、言葉の一つ一つを噛《か》み締めるように動きを止めた江南は、ほどなくそのままの表情で篤臣に向き直った。

「いやそれ、暴言やのうてただの事実やろ」

「本人にそう素直に認められちゃうと、どう返していいかわかんねえけど、たとえ事実としても、言い方ってもんが」

「いや、適切な言い方違うか？　過不足のうて」

「そ、そう？」

「おう。お前に何度かそうやって指摘されて、怒られて、死ぬほど反省して、今の俺やからな。お前が言うところの『暴言』は、全部、今の俺になるための大事な糧やった。むしろ、おおきにて言わんならん。それに引き換え、俺のほうは……」

「ゴメン、なんかあんとき、滅茶苦茶腹が立ったことは覚えてるんだけど、具体的に何言われたんだっけ。嫌すぎて記憶の底に押し込みすぎたかもしれない」

篤臣に改めて問われ、江南は困惑の面持ちになった。

「それ、むしろ忘れっぱなしのほうがええんちゃうか？」

「かもしれないけど、俺だけ忘れてんのもバランスが悪いだろ。俺だって、ちゃんと受け止めたいからさ。お前が覚えてるんなら、何言って俺を爆発させたか、いい機会だから教えろよ」

するとは江南は、それでも数分はたっぷり躊躇《ためら》ったあと、こう言った。

「法医でどんだけ頑張っても、苦労に見合う稼ぎにはならんやろて。身体《からだ》壊すほど頑張る値打ちはあるんか？　て、そう言うた。今もハッキリ思い出せるわ」

江南の声には、苦い後悔が満ちていたが、肝腎の篤臣のほうは、あっけらかんとした顔で、「……あー」と間の抜けた相づちを打った。

「いや、『あー』て」

「そっくりそのまま返さなきゃな。ド正論のド事実じゃん」

「こっちこそそのまんま返すわ。言い方あるやろっちゅうな」

「そりゃまあ、確かに。でも、なんとなく覚えてる。それ言われたちょっと前、俺、解剖続きでヘロヘロになって、お前とのテーマパークデート、いっぺんドタキャンしたんだよな。それで、お前がちょっとカチーンときちゃってて」

江南も、懐かしそうに頷く。

「デートがドタキャンになったことより、自分のことは棚に上げて、お前が割に合わん仕事しとるんが腹立ってな。仕事にお前を使い潰されるみたいな気ぃして、いてもたってもおられんかったんやろと思う」

「マジで棚上げ酷《ひど》いな。けどまあ、確かに、お前がアメリカに留学することになって、俺もついていって……あれが、俺たちの転機だったな」

篤臣は、感慨深そうにそう言って記憶をたぐり寄せながら、片手でそっと、江南の胡座の膝小僧を叩いた。

「俺もお前も仕事が好きすぎて、勿論お互いのことも好きなのに、両方のバランスが取れなくて……けっこうすれ違ってた。外国で、お互いしか頼る奴のいない、同時にたっぷり自由時間のある日々を過ごして、やっと二人の生活が始まったって気がしたよ」

膝に置かれた篤臣の手に自分の一回り大きな手を重ね、江南は深く頷いた。

「ホンマの意味で、アメリカに行ったときから、お互いを人生の相方として理解し始めたんやろな」

「うん。本当にそう思う。……なんだか、遠い昔のことみたいで懐かしいし、ギスギスしてた頃のことは、もうあんまり思い出さないけど」

「俺もや。わざわざ嫌なことばっかしあった時代を思い出す必要もあれへんしな。そやけどもや。あのテーマパークだけは、テレビで見るたび、クソみたいなけんか別れをしたことしか思い出されへんから、今回は何があっても隅から隅まで、ハッピーな記憶で上書きすんで！」

「そこは同意。今度こそ、けんかはなしで、目いっぱい楽しもうな」

「おう！」

二人は顔を見合わせ、笑顔で頷き合う。

さて、それなら今夜は、明朝の早起きに備え、もう就寝してしまおう……と言おうとした篤臣の口から出たのは、「わあっ」という驚きの声だった。

互いの手のひらを重ね合った、その延長のような感じで、江南が篤臣の手首を摑《つか》み、優しく、しかし強い気持ちを込めて、自分のほうへ引っ張ったのである。

それは決して篤臣に痛みを与えるような強引さではなかったが、不意を突かれた篤臣は上半身のバランスを崩し、江南の胡座の上に倒れ込んでしまった。

「おい、なんのつもりだよ」

江南の弾力のある腿《もも》に頭を預け、体力差を誇示されたことに若干ムッとして見上げてくる篤臣の柔らかな髪を撫で、江南はへへっと笑って身を屈めた。

そして、篤臣のへの字に曲げた唇に、珍しいほど軽くて優しいキスを落とす。

「……お前、意外と身体が柔らかいんだな」

奇妙な感心をする篤臣に、江南は互いの鼻を触れ合わせたまま、至近距離で笑み崩れた。

「ギリギリや。腰がへし折れそうになっとる」

「そんなつまんねえ無理すんなって。遊んでないでとっとと風呂入って……」

篤臣は江南の顔を押しのけ、起き上がろうとする。だが江南は、やはりやんわりと強引に、篤臣の動きを封じた。

「おい！」

「風呂の前に、腹ごなしの一戦、どや？」

「一戦て、お前」

いきなりの「お誘い」に呆然《ぼうぜん》とするうちに、篤臣の頭は江南の腿から布団の上に丁重かつ素早く移動させられ、のっしりと重い身体がのし掛かってくる。

ああ、と篤臣は心の中で溜め息をついた。

無論、篤臣が本気で嫌がったり、その気がまったくなかったりするときに無理を通す男ではもはやない江南だが……。

(俺が、こいつのことを理解しすぎてるんだよな)

そんな心の声のとおり、篤臣には、江南の気持ちが手に取るようにわかってしまうのである。

互いに過去の発言を反省し、大げんかの日にすれ違った心を、今はいとも簡単に重ね合わせることができた……その喜びを、身体でも味わいたいと江南は感じているはずだ。

そういう野の獣じみたところが江南にはあり、しかしその衝動を「お誘い」レベルに一生懸命セーブしているあたりに、篤臣はつい愛《いと》おしさを感じてしまう。

「嫌やったら諦めるけど……こう、アレやろ。お前、宿でこういうんは嫌がるやろ？」

「そりゃ、宿では何もかもが他人様の持ち物だからな。寝具を汚したら……とか、そういう心配をしながらじゃ、気が散ってしょうがねえ」

「そやから」

「だからって今夜ならいいってわけじゃねえよ。明日、早起きするって確認したばっかだろうが」

「……そやんな」

ペションと垂れた耳の幻が見えるほどしょんぼりした様子で、江南は篤臣から身体を離そうとする。

そのシャツの襟首を乱暴に鷲掴《わしづか》みにして、篤臣はぶっきらぼうに言い放った。

「責任取れ」

「……へ？」

「お前がその気になると、なんか伝染しちゃうんだよ、俺にも」

「お、おう？」

「そもそもお前が『一戦』なんて色気のない誘い方をしたんだからな！　俺も色気なく言うぞ。ちゃっちゃと済ませて、風呂入って寝ようぜ！」

言い終わるが早いか、篤臣はやけっぱちの勢いで、さっきのお返しとばかり、江南に噛みつくようなキスを仕掛ける。

「……おう！」

篤臣の目の前で、呆気《あっけ》にとられていた江南の顔が、ゆっくりと野性的な笑顔に変わっていく。

「ほんなら、ちゃっちゃと本気の前哨戦《ぜんしょうせん》や！」

「……本気は八割くらいで頼む」

さっきの勢いはどこへやら、早くも弱気なリクエストを発しながら、篤臣は、再び覆い被さってきた広い背中を、両腕でギュッと抱き締めたのだった……。

あとがき

こんにちは。そして、お久しぶりです。椹野道流です。

久しぶりの「メス花」新刊は、ちょっと変則的な仕上がりになりました。

電子書籍版で先行配信されておりました、春夏秋冬、それぞれの季節をテーマにした短編をまとめ、それに書き下ろしを添えてお届けいたします。

思えば、これまでは長編ばかりでしたので、毎回、山あり谷あり、幾度も大変な目に遭ってきた江南と篤臣ですが、今回はとにかく平和です。

相変わらず篤臣は法医学教室で、江南は消化器外科で、真摯に仕事と向き合っています。そして、家に帰ってくると温かな団欒があり、休日にはたまに小さなイベントを計画して楽しく過ごしているようです。

ありふれた毎日を、当たり前に、でも大切に思いながら暮らす。

そんな二人の姿を描きながら、何度も心をよぎったのは、コロナ禍のことでした。

創作の世界に敢えてコロナ禍を持ち込むことはしたくなかったですし、実際しない選択をしたわけですが、やはり、思うところはいろいろとありました。

江南と篤臣、それに美卯や楢崎が楽しく語らっているシーン。

気軽に遊びに出かける描写。

外や店で美味しく食事をしている姿。

ああ、そうそう、そんな感じで暮らしていたんだよねえ、とまるで遠い昔のように思い出しながら、キーを叩きました。

日常生活の色々な楽しみを諦めざるを得なくなって、ずいぶん長い……本当に、予想以上に長い月日が過ぎてしまいました。

しんどいなあ、つまんないなあ、と嘆きつつも、いつしか不自由や閉塞感に慣れっこになってしまっていることを、小説の中のキャラクターたちのおかげで大いに自覚した次第です。

おそらく、「メス花」の世界にコロナ禍を持ち込めば、揃って医療職であるキャラクターたちは、それぞれの部署で大きな困難にぶち当たったことでしょう。

臨床医である江南や楢崎は言うまでもなく、法医学教室でご遺体に向き合う美卯や篤臣もまた、感染防止策に頭を悩ませたに違いありません。

彼らをそうした苦境に立たせずに済んでよかったと思う一方で、彼らなら、どうこの苦しい日々を乗り越えるだろうと、ふと夢想したりもします。

「普段からおうち大好きなのに、出かけられないとなったら、途端にお出かけしたーい！」と嘆きながらも淡々と暮らす美卯さん。

「動画配信サービスを楽しみながら優雅に過ごしている」と嘯きつつ、あくまでクールにさりげなく、オンライン飲みの誘いをかけてくる楢崎。

深夜、しっかりマスクをして、人影のない街へ短い散歩に出る江南と篤臣。

いずれも目に浮かびますが、やはり彼らには、私たちがこれから取り戻さねばならない「いつもの日々」を生きてもらいたいと思います。

そしてまた、同じ世界に生きる仲間として再会したいな、と。

その日まで、皆様、どうぞご安全に。私も、ひとときでも心穏やかに楽しんでいただける作品を、一生懸命に綴っていきたいと思います。では、また近いうちに、必ず。

椹野道流　九拝

「春の話」
（シャレードパール文庫『ＳＰメス花　春の話』２０２０年12月より配信）
「夏の話」
（シャレードパール文庫『ＳＰメス花　夏の話』２０２１年４月より配信）
「秋の話」
（シャレードパール文庫『ＳＰメス花　秋の話』２０２１年６月より配信）
「冬の話」
（シャレードパール文庫『ＳＰメス花　秋の話』２０２１年10月より配信）
「君と旅に出る」
（書き下ろし）

槇野道流先生、鳴海ゆき先生へのお便り、
本作品に関するご意見、ご感想などは
〒101-8405
東京都千代田区神田三崎町2-18-11
二見書房　シャレード文庫
「ときにはひとりで、やっぱりふたりで～メス花歳時記～」係まで。

CHARADE BUNKO

ときにはひとりで、やっぱりふたりで～メス花歳時記《はなさいじき》～

2022年3月20日　初版発行

【著者】槇野道流《ふしのみちる》

【発行所】株式会社二見書房
東京都千代田区神田三崎町2-18-11
電話　03(3515)2311[営業]
　　　03(3515)2314[編集]
振替　00170-4-2639
【印刷】株式会社 堀内印刷所
【製本】株式会社 村上製本所

落丁・乱丁本はお取り替えいたします。
定価は、カバーに表示してあります。

©Michiru Fushino 2022,Printed In Japan
ISBN978-4-576-22026-0

https://charade.futami.co.jp/

CHARADE BUNKO

今すぐ読みたいラブがある!

椹野道流の本

これまでもこれからも二人きりやけど、俺ら、もう立派に家族やな

右手にメス、左手に花束　シリーズ1〜12

イラスト1・2＝加地佳鹿　3〜5＝唯月一　6〜12＝鳴海ゆき

一本気な仕事バカ・江南耕介としっかり者の永福篤臣は恋人同士。K医大で出会い、親友から恋人へ。うんざりするほどの山や谷を越え、絆を深めた二人は、消化器外科医と法医学教室助手と、互いに忙しくも充実した日々を送っていたが…。医者ものラブ決定版・大人気メス花シリーズ！

CHARADE BUNKO

今すぐ読みたいラブがある!

椹野道流の本

カップル二組の日常、ときどき事件!?

楢崎先生んちと京橋君ち いばきょ&まんちーシリーズ

②夏の夜の悪夢 ③桜と雪とアイスクリーム ④花火と絆と未来地図

イラスト＝草間さかえ

K医大病院のクール・ビューティから亭主関白受けへ華麗な変身を遂げた内科医・楢崎先生とヘタレわんこ攻め「まんじ」こと万次郎、K医科大学附属病院の耳鼻咽喉科医・京橋とカリノ製薬の研究員・茨木。『茨木さんと京橋君』『楢崎先生とまんじ君』シリーズが合体☆二組のカップルが織り成す愛しき日常♡

CHARADE BUNKO

スタイリッシュ&スウィートな男たちの恋満載

椹野道流の本

甘い新婚旅行が波乱続き――!?

新婚旅行と旦那様の憂鬱〈上・下〉

イラスト＝金 ひかる

検死官ウィルフレッドとその助手ハルは、ついに永遠の伴侶に。慣れない社交界のしきたりに頭を悩ませるハルを案じたウィルフレッドは、休暇をもぎ取り新婚旅行へ！　と思いきや…!?

吸血鬼だろうがなんだろうが、お前には指一本触れさせない

吸血鬼（仮）と、現実主義の旦那様

イラスト＝金 ひかる

年の瀬のウィルフレッドの屋敷ではフライトたちが仮面舞踏会の衣装を作成中。一方、奥方修業真っ最中のハルは、閨房術習得にも励む日々。そこへ街に吸血鬼が現れたとの噂が…!?

二見サラ文庫

暁町三丁目、しのびパーラーで

椹野道流

イラスト＝鏑家エンタ

孤児の兎目が雇われたのは「しのびパーラー」というモダンな洋食店。普通だがなにか奇妙な店で、ある日兎目はありえない物を発見し…。

二見サラ文庫

暁町三丁目、しのびパーラーで

見習い草とお屋敷の秘密

椹野道流

イラスト＝鍋家エンタ

須賀原家の間諜という裏の顔を持つ洋食店しのびパーラー。素性不明の新米店員・兎目に新たな任務が与えられるが…。